KB105862

400만 원

먼저 벌기

400만 원 먼저 벌기

발행일	2023년 4월 3일
지은이	동해
펴낸이	손형국
펴낸곳	(주)북랩

편집인	선일영	편집	정두철, 배진용, 윤용민, 김부경, 김다빈
디자인	이현수, 김민하, 김영주, 안유경, 신혜림	제작	박기성, 황동현, 구성우, 배상진
마케팅	김회란, 박진관		

출판등록 2004. 12. 1(제2012-000051호)
주소   서울특별시 금천구 가산디지털 1로 168, 우림라이온스밸리 B동 B113~114호, C동 B101호
홈페이지 www.book.co.kr
전화번호 (02)2026-5777   팩스   (02)2026-5747

ISBN   979-11-6836-808-8 03810 (종이책)   979-11-6836-809-5 05810 (전자책)

(주)북랩 성공출판의 파트너

북랩 홈페이지와 패밀리 사이트에서 다양한 출판 솔루션을 만나 보세요!

홈페이지 book.co.kr   •   **블로그** blog.naver.com/essaybook   •   **출판문의** book@book.co.kr

---

작가 연락처 문의 ▸ ask.book.co.kr

작가 연락처는 개인정보이므로 북랩에서 알려드릴 수 없습니다.

동해 단편소설집

우리는 무엇을 위해 돈을 버는가,
숫자로 환산된 삶 앞에 놓인 청춘들에게

400만 원

먼저 벌기

 북랩

차례

돈을 벌어보려고 애쓰는
청년들을 위해.

400만 원
먼저 벌기

001

한겨울 추위에 모두 입이 얼어붙는다. 몸의 하나하나 세포가 타버리는 듯한 이 추위에 사람들은 맥코트, 정장 코트 등을 입으며 몸을 웅크리고 출근한다. 패딩 잠바가 너무 따뜻하게만 느껴진다. 많은 코트가 제값을 하며 이동을 동행한다.

매일 얼어붙는 추위에 강남 양재대로를 따라 차를 타고 쭈욱 간다. 차도는 꽉꽉 막힐 때도 있다. 출퇴근 시간 때의 강남대로는 무척 신경질 나고 힘든 코스이다. 사람과 차가 꽉꽉 차 있기 때문이다.

얼어붙은 추위 속에서도 노점상에서 일하는 아주머니들은 바쁘게 토스트나 옥수수를 굽는다. 언제 먹어도 맛있는 토스트와 옥수수를 정말 맛있게 먹는 손님이 항상 있다. 손님들은 5,000원씩 내고 맛있게 간식을 사 먹는다.

가을이 지나고 겨울이 되어 꽁꽁 얼 듯이 딱딱한 도로를 걸으며 사람들은 겨울을 지낸다. 겨울 후에야 찾아올 따뜻한 봄이 봄꽃들이 우리를 기다린다.

고드름과 서리, 눈 모두 좋아하는 어른들도 남아있다. 그러나 다 미끄럽고 춥고 성가시기 때문에 싫어힐 수도 있다. 모두 첫눈과 연말의 눈은 좋아한다. 매우 보고 싶고 기다려진다.

매일 겨울밤 들리던 캐럴도 이제는 1월(January)이다. 연말을 지나고 남은 새해를 맞이한다. 연말만큼 좋은 밤이 없다.

쓸쓸한 거리일 수도 있는 이곳 강남은 점점 사람이 많아지고 얘기가 많아지고 밥을 먹으러 나가는 어른들이 돌아다니며 좋은 최고의 장소로 변화한다. 겨울 같지도 않은 제일 일하기 좋은 장소로 변하는 것이다.

어른들의 직장이 너무나도 부러울 청년들도 있다. 청년들은 츄리닝을 대충 입고 패딩 잠바를 대충 입고 거리를 다닌다. 학원가가 있고 또 아르바이트 거리가 많다. 매우 좋고 쎈 동네인 신사역부터 강남역까지 매우 많은 청년이 돌아다닌다.

우리의 추위는 우리의 마음은 항상 녹는다. 일터에 나와 마케팅 일을 하며 좋아하는 취향에 따라 작전을 짜는 그런 파리(Paris)를 무대로 하는 드라마처럼 우리의 신사역의 역삼역의 회사들도 그 정도 일은 하며 산다.

청년들은 무엇이 되고 싶은가를 보면 화려한 직업보다는 대기업같이 큰 힘이 되는 직업을 가지려고 한다. 대학 입시에서 생기는 폭발적 경쟁력 같은 것이 그것을 증명한다. 좋은 대학 후 좋은 대기업에 들어가는 것이 목표이기 때문이다.

쌀쌀맞은 추위 속에서 청년들도 드문드문 보인다. 좋은 강남까지 오는데 이렇게 좋은 일을 하려고, 또 돈을 벌어 쓰려는 것이다. 청년의 자금은 고드름처럼 물이 조금씩 나가는 것이다. 돈이 말이다.

고층빌딩은 계속해서 올라간다. 청년들의 마음도 계속 따라 오른다.

002

신동준과 박우리는 내기를 한다. 그 내기를 듣다가 지일도 따라 낀다.

지일이 말한다. 지일은 아르바이트 경험자이다. 아르바이트로 돈을 벌 수 있다는 가장 현실적이고 기본이 된 이야기이다. 곧 자기가 벌 수 있고 가장 현실적인 돈벌이를 알고 있는 것이다.

"400만 원 5개월은 걸리지. 80씩 다섯 달 아르바이트로."

박우리는 친구이다. 매우 친하다.

"으, 내가 의사만 안 잘렸어도 한 달에 4,000은 벌어, 바보야."

박우리는 의대를 다녔으나 실수로 잘렸다.

동준이도 말한다. 취업이 거의 안 된다. 그러나 일류 대학생이다. 배울 거 다 배우고 공부란 공부 다 해놓고 취업이 안 되니 미칠 노릇이다. 왜 안되는지 이유를 모른다.

"야, 내가 초봉 2억 이상만 들어갈 건데 400만 원을 언제 버냐고…
와, 이것 봐라."

셋은 내기를 한다. 400만 원을 가장 먼저 버는 사람이 이기는 그런
내기이다. 누가 이길지는 모른다. 한 명은 아르바이트 경험자로 제일
현실적이며 가장 합리적으로 벌 것이다 .그리고 의대 출신은 의사가
아니지만 머리가 매우 좋다. 의료업으로 돈을 벌 실력은 있을 것이다.
일류대를 나온 애도 강한 능력이 있다. 그 셋의 대결이다. 흥미로운
그 셋의 대결이다.

"자, 시작하자. 누가 이기는지."
"400만 원을 내가 하루 만에 벌어볼게."

일류대학을 나오고도 취업을 못 한 동준이 말한다. 그는 뭐든지 되
는 줄 안다.

"뭐할지 딱 나오지. 물산이 어디서 파는지 다 그거 걱정하는구만.
안 그래."

다 맞장구를 친다.

"나 다 팔 거야. 제일 살만한 것 200개 사서 다 팔 거야. 하루면 되겠지."

박우리가 말한다.

"나도다, 이놈아. 나도 그렇게 다 팔 거다. 난 유통 구조 제일 잘 된 데서 제일 싸게 살 거다."

지일이 말한다.

"나는 정석이다. 아르바이트 3개 뛰어서 두 달 만에 400만 원 채운다."

003

날이 어둑어둑하다. 지일은 버스를 타고 여기저기 다닌다. 아르바이트 면접 때문이다. 아르바이트를 보며 제일 하기 적당한 것을 고른다. 제일 좋은 아르바이트는 뭐 옷 브랜드 스파 직원이나 뭐 행사장 진행 요원 등이다. 그냥 쉽게 20만 원씩 벌 수 있다. 그러나 그것도 힘든 구석이 있다.

"안녕하세요."
"네, 지원자분, 여기로 앉으세요."

대충 차려입은 아줌마를 따라간다.

"왜 우리 지점을 고르셨는지."

면접을 보고 나온다. 합격은 아닌 것 같다. 바로 버스를 타고 다음 면접을 보러 간다. 계속 면접을 본다. 확률은 제 눈대중 상 50퍼센트는 붙는다고 본다.

004

슬슬 잠에서 깨더니 옥스퍼드 공책에 사업계획을 쓴다. 사업계획과 선택 사업을 4가지씩 경우의 수에 따라 쓴다. 다 완벽해지고 정확히 기억나게 이 사업을 정한다.

너무 완벽하게 만든 듯하다. 하나씩 하나씩 쓴 것을 차례대로 실행에 옮긴다. 하나씩 하나씩 하면 될 줄 알고 실행에 옮긴다. 사업적 수완이 있는 줄 안다. 일류대라서. 사업적 수완이 있는 줄 안다. 착각을 한 것으로, 둘은 다르다.

"자 이제 전화를 해볼까. 곧 밸런타인 데이니까 멋진 선물 세트를 하나에 4만 원씩 만들어서 팔자. 여러 가지를 담은 고급스러운 박스에 담아서 비싸게 팔아야지."

무조건 될 것처럼 보인다. 저 계획만으로는. 그러나 전혀 안 팔린다.

005

　의료 검진을 하는 앱을 만들어봐야지. 전공은 못 했어도 기본적인
건강 지식만 주는 거야. 하며 앱을 만들고 있다.

　이것도 될 것 같으나 하나도 안 된다.

006

수유동에서 얼마 걸으면 나오는 백화점 1층에서 물건을 팔려고 한 꾸러미를 가져온다. 테이블 하나와 선물 세트 50개를 설치한다. 용지에 예쁘게 선물 세트를 설명하는 문구를 프린트해 왔다.

이제 팔기만 하면 된다. 백화점 앞이니 많이 팔릴 수도 있다.

"선물 하나씩 합시다. 선물 하나씩 좋은 가격에 명품 같은 선물 하나씩."

곧바로 한 명이 온다. 젊은 아가씨들이다.

"How much is it? What's inside? (얼마예요? 안에는 무엇이 들었나요?)"
"아 얼마냐고요. 4만 원. 안에는 선물 세트. 사실래요? 뭐가 안에 있냐고요? 그냥 액세서리 같은 꾸밀 것들? 자, 안 사려면 말고."
"Let's go. It's fake. (다른 데로 가자. 가짜 같아.)"

한 명 두 명 오긴 한다. 백화점 입구라서 그렇다. 그러나 비싸고 품

질이 안 좋은 것 같은 이 선물 세트를 더 이상 사지 않는다. 한 개를 겨우 팔았다. 그때쯤.

"여기서 영업하면 안 돼요."

백화점 관리인들이 나온다. 여기서 나가라는 것이다. 아저씨 셋이서 나가라고 한다. 할 수 없이 집으로 돌아온다.

욕을 너무 많이 먹었다, 꿀 먹은 벙어리처럼 풀썩 주저앉는다. 집에서 풀썩 주저앉아 식물처럼 가만히 추위를 녹인다.

"아오, 이거 쉬운 게 아니네, 원금도 못 채우겠네. 이거 어떡하냐. 공부보다는 쉽지만 장난 아니네."

아직 정신 못 차린 신동준은 몸을 녹이더니 동물처럼 일어나 먹을 것을 먹고 다시 제 할 일을 한다. 정신이 못 든 듯하다.

007

"아니 이게 정말, 앱 만드는 게 어렵네. 머리만 좋으면 금방 만든다 던데."

앱을 개발 중이다. 거의 다 만든 것은 정말 형편없는 가끔 보는 이 상한 앱같이 되어 있다. 이제 실력을 보여주기도 전에 다 좌절한다. 앱 개발자나 프로그래머를 부탁해 만들려면 돈이 억대로 깨진다.

새로운 앱을 무슨 클릭 한 번으로 만들 수 있는 줄 알았던 것이다.

"아, 나는 이렇게 건강 지식을 다 배워서 의학을 말할 수 있는데 이 게 안 되네. 앱 만드는 게 불가능하네. 아고."

프로그래머에게 전화를 한다. 영업 중인 프로그래머를 찾는다.

"프로그래밍으로 어떻게 앱을 만들어 주실 수 있는지."

"가능합니다. 1년 안에 만들어 주겠습니다. 가격은 많이 부담해서야 할 것입니다.”

"얼마요.”

"5,000만 원입니다.”

"네, 끊을게요.”

"네.”

박우리는 슬프다. 와인이나 한잔 마신다. 자기가 꾸던 의술의 꿈을 못 버린 것이다. 자기가 제일 잘하는 공부로 의술을 펼치려는 꿈을 아직도 못 버리는 것이다.

자괴감이 든다. 대학 입시까지는 잘했기 때문이다. 전국권이던 자신의 실력이 대학교에서 지내다가 왜 취업을 실패해 버린 걸까.

다시 공부를 한다. 시간이 남으면 공부를 하나라도 더한다. 정말 열심히 한다. 생명학, 생물학, 식물학. 이런 책들을 다 안다. 뭐가 책별로 다른지도 안다. 중학교 때부터 일반생물을 공부했기 때문이다.

"왜 취업이 안 된 걸까? 이렇게 열심히 했는데, 왜 의사 되기를 실패한 걸까?”

다시 공부를 하며 자신의 일을 성공시키려고 한다.

열심히 해보려고 했다.

*

지일이는 아르바이트 면접을 통과했다. 아오, 힘들어. 별의별 잔소리를 다 듣는다. 욕 반, 일 반을 건딘다.

아오, 힘들다. 아오, 저 망할 잔소리.

"이것 좀 더해."
"넵."

손님이 온다. 손님이 뭐를 시킨다. 햄버거집 아르바이트이다. 정말 힘들다. 표정과 말투까지 본다. 사장이 말이다.

"햄버거 세트 4개랑 사이드 뭐 있어요?"
"사이드 메뉴는 뭐 치킨 조각, 같은 것 많이 찾는데."
"그거 주세요."

하루를 건디어 본다. 하루를 참으며 9시간을 일해본다. 거의 지옥이다. 자신이 너무 힘들어 끝내려고 한다.

"그만두겠습니다."

"왜요?"

"더 못하겠습니다."

"알겠어요. 오늘 일한 9만 원. 자, 여기."

"네, 알겠습니다. "

집으로 와 막대기처럼 픽 쓰러진다. 피식 웃음이 난다. 끝낸 후 나오는 웃음이다.

셋은 동시 통화 기능을 이용해 통화를 한다. 그런 것은 기가 막히게 잘 안다. 셋은 통화한다. 동시에 셋이서 이야기하는 통화법이다. 전부다 통화하며 기가 막힌 것을 이야기한다.

"안되네, 어 이거."

"아오, 쉽지 않아, 야. 의대 중퇴. 넌 어떻게 됐어."

"앱이 쉽지가 않아. 법으로도 안 된단다. 아무렇거나 의료행위 하면."

셋 다 안 된다고 한다. 그러나 셋 다 포기하려고 한다.

"야, 셋이 다 같이 해보자. 어. 한번 다 같이 해보자 사업처럼, 400만 원 벌 때까지."

"안 해, 나 의사 머리인데 사업이나 하라는 거지."

"으휴, 그냥 개인으로 계속 해보자. 누가 이기나."

"그래."

008

행사장에 신동준이 갔다. 매우 꾸민 게 많고 좋은 행사다. 축제 같은 곳이다. 하나하나 보고 돌아다닌다. 밥을 먹는다.

밥을 먹으며 계속 살려고 한다. 누나가 말한다.

"이런 삶 계속하려면 너 대기업 이상 취직이 되어야 해."
"응, 대기업이지. 중소는 안가."
"알겠지."

동준은 술에 취해 집에 온다. 술에 취해 샤워를 한 후 잠에 든다. 매우 좋은 것이 계속될 수 없다는 것이다. 술을 한번 본다. 양주는 아빠 술 전시통에 든 것을 하나 뽑는다.

"원하는 삶을 살 수 없다고, 나같이 이렇게 돼도."

양주는 매우 맛있는 양주를 뽑았다. 달콤하다. 달콤하게 목으로 넘어간다. 매우 맛있다. 술안주도 걸진 무슨 기름진 것이 있어야 한다.

부자들의 특징이다. 기름진 것을 하나 구우며 술을 마신다. 술은 달고 맛있다. 림 같은 해적들이 믹는 그런 양주가 정말 맛있다.

술을 한잔 마신다. 달콤하게 술이 넘어간다. 기름진 양주들의 후식거리를 먹으며 밤을 지새운다. 밤까지 계속 마신다. 친구와 함께 집에서 맥주를 마시는 그런 것들을 떠올린다.

술친구들과 먹는 치킨과 맥주는 정말 맛있었다. 고3과 재수 시절 공부 중 일탈로 먹는 그 술과 맥주와 치킨들은 얼마나 맛있었는지 모르겠다. 어떻게 그렇게 다른 길로 돌아 일탈을 했을까, 생각해본다.

일탈을 하여 기쁨과 스릴을 다시 느끼고 싶다. 그 마음으로 양주를 한잔 마신다. 달콤하게 넘어간다.

달콤하게 넘어가는 술이 달며, 이제는 다 마신 후 소주를 마신다. 아오, 삼겹살이 먹고 싶네.

삼겹살을 찾아 구워서 새벽 3시까지 마신다. 원하는 삶을 살 수 없다는 그 말에 가슴이 아픈 채 술을 마신다.

009

저녁이 늦은 밤, 박우리는 책상에 앉아 고뇌한다. 괴로움이 끝이 없다. 공부를 아무리 해도 안 된다. 자퇴생이기 때문이다. 보통 의대도 아니다. SKY 의대이다. 거기서 자퇴한 거다. 잠을 청하고 숨을 푹 쉰다. 잠도 자지 않는다.

일을 그리고 있다. 일을 기가 막히게 잘할 능력이 있다. 의술과 일은 또 다르다. 하지만 깊은 사고력은 있는 것이다. 그것이 또 일을 잘하게 할는지는 모른다. 경험과 기술은 다르기 때문이다.

밥을 슥 먹는다. 사고를 깊이 해본다. 요양병원시설을 떠올린다. 거기서 병원 일을 돕는 것은 어쩌면 가능할지도 모른다. 깊이 있는 의술과 봉사를 할 수 있을 것이다.

병원이 요양시설이 많다. 요양병원에서 일하는 것은 매우 힘들고 몸이 아픈 일이다. 그런 요양병원을 한번 찾아가 보는 것도 나쁘지 않을 것이다. 거기서 아르바이트 형식으로 일을 얻을 수 있고 많이 일하다 보면 일자리도 될 수 있지 않나 싶다.

밥은 한우 고기 세트를 구워 먹는다. 집이 꽤 부자이다. 세 친구 모두 부자이다. 매우 잘 산다. 다 부자인데 다 힘들게 살고 있는 것이다. 열심히 많이 해온 교육을 받았기에 매우 잘 살 수 있을 줄 알았다. 또 잘 사는 것과 공부를 잘한 것은 다르다. 둘이 같다고 어릴 적에 혼동한 것이다.

선생님들의 총애를 받으며 고등학교 대학교를 진학한 박우리는 정말 장래가 촉망되었다. 정말로 잘하는 예쁨받는 학생이었다. SKY 의대를 진학할 때만 해도 최고의 의사 또는 대기업 사원이 될 줄 안 것이다.

취업이 너무 어렵기에 모두 다 포기하는 그런 상황 속에 자신도 별다를 게 없다는 것을 알고 얼마나 슬퍼했는지 모른다.

사업은 지옥과 같게 느껴지는 박우리이다. 사업을 잘하기 위해 사업 책을 읽는다. 아무 도움이 안 된다. 둘이 다르다.

경영을 배우는 것도 괜찮았을 것이다. 경영 원서를 읽는다. 사흘 만에 완벽히 읽는다. 그러나 그것은 기본일 뿐, 경영하는 것과는 다르다. 저녁이 되자 술을 하나 사 온다. 맥주를 마신다. 밥은 매우 맛있게 먹었다. 이제 안주로 떡볶이를 사 와 먹는다.

"크야."

사신의 옛날 모습을 떠올린다.

"키이야, 맛 좋다. 야 떡볶이, 튀김이 와."

옆에 있던 엄마가 말한다.

"그거 다 먹어라, 살 좀 찌워라. 빼빼 말라서."

지일은 번화가에서 친구와 커피를 마신다. 커피를 마시며 이런저런 얘기를 한다. 친구와 커피를 마시다 별의별 것을 다 얘기하는 지경이다.

"아 그래서 어쨌냐면, 걔가 나보고 막 달려드는 거야."
"어어."
"그래서 딱 잡고."

둘이 얘기를 하며 웃었다. 웃긴 얘기이다. 계속 이야기를 한다. 지일의 하루는 친구와 잡담으로 채워진다.

010

동준은 다시 번화가 거리로 간다. 번화가의 붐비는 거리에서 팔려고 한다. 매우 사람 많고 또 사려는 사람도 많다. 그냥 가서 파는 것은 막는 사람도 없을 것이다.

시장 앞에서 선물 상자들을 산다. 한 명 두 명 모인다. 그것을 막 본다. 이거 하나 줘 이런 사람도 있다. 가격을 5만 원이라고 하니 아무도 안 산다. 모여서 보긴 해도 안 산다.

2만 원으로 낮춘다. 그러니 세 명 네 명 산다. 그걸로 6만 원을 번 것이다. 애초 목표가 400만 원인데 다 팔아도 100만 원밖에 안 나온다. 그것을 어떻게 해야 하는 줄을 모른다. 하루 종일 외쳐서 팔아먹는 것이다.

밤이 어둑어둑해지며 돌아온다. 30만 원을 벌었다. 이제 돈을 벌 방법을 알았다. 회계 장부를 기록한다. 돌아와서 회계법을 아니 회계 장부를 기록한다. 몇 개 판 걸로 별 이상한 회계 기록을 다 만든다.

손실은 안 날 것이라고 분석하나 400만 원 목표 도달은 어렵다고 본다.

곧바로 박우리에게 전화한다.

"돈 나 15일 안에 될 것 같거든. 내가 다 계산 해봤어. 내가 이긴 것 같다."
"난 안될 것 같다."
"동준의 승리로 끝날 것이다."

그리고 셋은 저녁을 먹기로 한다.

011

셋은 모여서 일을 한다. 일을 하던 중에 열심히 일을 한다. 두 명 세명 하나씩 사 간다. 동준의 아이템만이 효력을 발휘했다. 역시 명문대 진학생답다. 자신의 시장을 잘 분석하여 좋은 아이템을 실제로 만들어 낸 것이다. 사업적 수완이 있는 학생이 가끔 있다. 바로 그런 학생이다.

동준은 아이템을 하나둘 팔며 장사에 열의를 갖는다. 하면 된다는 식의 마구잡이식 장사에서 새로운 버전의 많이 파는 장사꾼으로 바뀐 것이다. 많이 팔면 된다는 식의 마구잡이식 장사가 아니다. 하나의 실력을 갖춘 장사꾼으로 바뀌고 있다.

매우 많다. 사람들이 붐빈다. 동준은 웃는다. 박우리와 지일은 마구 웃는다. 이게 뭐냐, 이런 웃음이다. 웃고불고한다. 진짜 잘 팔려서 웃는다.

"자 모이세요, 뭐 들었는지 다 설명할게, 싸게 팔려니까 모여주세요."
"오, 선물로 딱이네, 2만 원이면."

아직도 가격은 2만 원이다. 원금 빼면 얼마 안 남지만 많이 팔면 된다. 그런 계산을 회계로 계산한 것이다. 회계지식은 매우 중요하다. 전부 다 회계적 예시를 통해 공부하던 그런 것이다. 그냥 기본지식보다는 회계지식이 위이다.

"자 잘 보세요, 이거 이 장식품과 액세서리들이 그냥 하나씩 사도 2만 원, 3만 원인데 여러 개가 들어있는 이 선물상자가, 잘 포장된 정말 멋진 이 선물 상자, 명품 같은 선물이 고작 2만 원."
"오, 저도 하나 주세요."
"저도요."

물건을 막 파니 애들이 웃는다. 나도 사고 싶다. 이런 표정이다.

"밥은 잘 먹니?"

박우리가 웃다가 신동준에게 물어본다.

"초 맛있어, 여기서 된장국 시켜 먹으면."

셋 다 웃는다.

"그거, 아줌마들이 먹는 걸 시켜 먹는다고?"

셋 다 웃으며 계속 물건을 판다.

거리에서 물건을 팔며 하루를 보낸다. 지는 저녁놀이 아름답다. 하늘이 참 구름이 많고 겨울 연말의 날씨이다. 쓸쓸한 겨울길에서 물건을 판다. 겨울은 아름답기만 하다. 추운 대신 말이다.

아름다운 저녁놀 사이로 셋은 물건을 팔고 저녁 영업 중이다.

저녁 후 셋은 돈을 센다.

"와, 장난 아니네, 200만 원 벌었네, 원금 빼도 이게 얼마야."
"야, 장난 아니지, 신세계도 아니고 무슨 네 선물 모양이."
"알겠느냐, 나의 대 상인과 같은 자질을."
"거상 신동준이다."

내기는 거의 동준의 승리로 보인다. 매우 확정적이다. 친구들도 최선을 다해 돈을 벌어야 한다. 내기를 자기가 이겼다며 승리 보상을 하라고 한다. 승리 보상을 무엇으로 할지 아직 정하지 않았다.

셋의 하루는 이렇게 흘러가고 셋은 각자 집에 와서 술이나 한잔한다. 야 돈은 벌 수 있구나, 라고 조금은 희망적인 생각이다. 돈은 어떻게든 벌 수는 있는 것이다. 잘 계획만 세우고 잘 팔면 말이다.

술을 한 모금 한 모금 TV 앞에 앉아 마신다. 맛있다. 술을 또 거하게 마신다. 술을 제일 비싼 것. 아빠 것을 꺼내 마구 마신다. 부자들의 술이다.

동준은 '신세계'를 만들었다. 대단한 거상으로 신세계를 만든 것이다. 한마디로 억대까지 벌 수도 있다는 계산을 한다. 대단한 장사꾼의 소질을 가진 것이다.

*

의학 연구실에 넣은 원서는 다 떨어졌다. 그리고 넣은 곳이 양로원 의사이다. 거기도 다 떨어졌다. 그래서 마지막으로 넣은 곳이 양로원 아르바이트이다.

양로원 아르바이트를 면접보러 간다. 케케묵은 먼지가 쌓여있는 사무실로 들어간다. 매우 떨린다.

"SKY 의대에 다니다 그만뒀네요, 제가 아는 그 의대 맞죠? 조작 아니죠?"

우리는 눈이 충혈되는 느낌이다.

"네 맞습니다."
"그럼 왜 우리 양로원 아르바이트를 지원한 거예요?"
"어렵습니다. 의대도 아르바이트 다 하고 싶습니다."
"그럼 몇 년 할 수 있어요?"

년이다. 달도 일도 아닌 년을 묻는다. 거의 한번 들어오면 못 나가는 그런 것이다. 우리는 당황한다. 너무 길게는 못한다. 어려운 일이기 때문이다. 그러나 최대한 길게 말한다.

"1년 이상 할 수 있습니다."
"네 그럼 들어오시고, 다른 면접자들을 보고 결정할게요. 같이 한다고 생각해 주시고."
"네, 감사합니다."

박우리는 조금 좋다. 되긴 된 거다. 그것뿐이지만 좋다. 최선을 다하려는 마음이다.

다음날 출근을 한다.

노인들이 앉아있다. 말을 건넨다.

"너희 다 힘들게 일하는 것 같아도 그때가 가장 좋은기라."
"네, 할머님."
"열심히 살아야 해. 일은 놓치지 말고."
"네, 할머님."
"결혼도 잘 고르래이, 그게 다니까."
"넵."

일을 하다가 청소에 지친다. 청소를 하며 먹을 걸 공급해주며 하루 하루 산다. 먹을 걸 계속 가져다준다. 매우 일을 힘들게 시킨다. 일을 하며 건강에 대한 지식을 말하고 싶은 것이다. 그게 자기의 의술이었기 때문이다.

"할아버지, 밥 많이 먹어야 나아요, 그 병은요."
"오냐."

그런 식으로 슬슬 말하며 그냥 지내려고 한다. 한 달만 채우고 월급 받고 나오려고 한다. 축 처진 채 집으로 온다. 한 명 한 명 다시 생각한다. 잘난척하던 자신이 생각난다. 너무 슬프다. 자신의 허물만 기른 듯하다. 의대에서 말이다.

012

행사장에서 하루 종일 진행요원을 맡는다. 사람들이 길을 묻는다. A가 어디예요, 그런 물음이다. 다 상세히 가르쳐준다. 다 알고 있다. 끝나면 20만 원을 받는다. 아르바이트 최댓값이 거의 20만 원이다.

사람들이 몰려오고 진행요원으로 서 있다.

하루가 간다. 앉았다 서 있다 담배 피우기를 반복한다. 저녁이 지나간다. 매니저님이 다음에도 나오라고 한다. 더 나오기 싫다.

일봉을 받고 집으로 온다. 너무 힘들다. 그냥 일봉으로 친구와 술 한잔을 사 먹고 집으로 들어간다.

013

"야 이 새끼야."

술 먹은 지일이 이야기한다. 동준이 전화를 받는다.

"뭐? 왜 욕해?"
"야 너는 좋은 학교 가서 열심히 공부만 해. 지랄 같은 거 팔지 말고."

동준도 화가 난다.

"야 이 바보 같은. 왜 그래, 이놈아. 죽을래?"
"야 이 비천한 400만 원이 우리를 어떻게 이렇게 웃고 울리냐. 나는 4억도 이 정도인 줄은 몰랐어. 어떻게 초봉 1억도 갈 수 있는 줄 알았는데 이렇게 무너져야 되냐."
"야 그딴 게 아니고 너 도대체 뭐하냐. 내기가 아니라 너 말이야. 신동준, 내기 말하는 게 아니라 너 뭐하고 사냐고. 이 병신아."
"그래, 나 병신이다. 죽고만 싶다. 이 바보 새끼야."

"바보 새끼가."

"너 거기 어디야? 나 좀 봐."

"아유 이 자식이."

둘은 화나서 서로에게 화풀이를 한다. 정말 화났다. 너무 화나서 다 울상이다. 신동준은 화가 나서 막 던진다.

*

박우리는 노인 요양소에 있다.

"박우리 씨, 청소가 이게 뭐예요. 청소 기본이 안 돼 있네."

"예, 잘하겠습니다."

"다시 검사할 테니 해놓으세요."

박우리는 눈물이 난다. 걸레를 다시 짜서 청소한다. 먼지 하나 없어야 한단다.

"이런 뒈질 병신들이, 나는 쟤들 어떻게 고쳐야 하는지까지 보이는데 병신들이 미친. 꼭 고쳐보고 싶다, 쟤들을. 근데 청소나 시키네."

*

동준은 예전에 일했던 백화점으로 간다. 백화점 사장실로 간다.

"만나게 해주세요, 사장님 좀."
"들어오라 해."
"야, 내가 해도 너보다 잘해. 백화점이 원더랜드같이 보여도 다 죽어가는 아르바이트생들이 있기 때문이야. 다 스태프 되려고 해. 그게 원리 다야. 경영 원칙이 그게 다라고. 어떻게 우리들을 위해 일하는 것같지. 다 상사한테 욕 안 먹으려고 하는 거야."

사장이 말한다.

"그래? 너는 뭐가 잘났길래 그런 말 하는데."
"바보 같은 놈아, 내가 꼭 이 세상의 신세계가 5등 안에 들더라도, 내가 꼭 더 높은 것을 세울 것이다. 더 좋은 체계와 더 나은 처우, 그러면서 같이 나아갈 새로운 회사를 만들 것이다. 이놈 나를 다 해 먹고 싸우게 해서 퇴학까지 받게 한 이 쓰레기 놈들아."
"나가. 경찰 불러?"
"더 나은 세상을 꿈꾸었는데 어찌 이렇게 끝나 버리냐. 우리의 미래를 꿈꾸었던 나는 이렇게 끝이 나냐. 어? 말 좀 해 봐라. 나는 200만 원 월급도 못 받는 길거리 장수니까…"

"경찰 불러. 이 새끼 뭐라는 거야?"

014

둘이 삿대질하고 싸운다.

"경찰 경력으로 봤는데, 구금자도 다 취업하고 살아요. 화 좀 푸세
요. 명문대인데 취업 될 거예요."
"100대 안에 어려운 데는 못가잖아요."
"그렇죠 뭐."

동준은 화가 좀 풀렸다.

사장이 말한다.

"으유, 저놈 좀 취업 안 되게 해주세요."
"야, 이 새끼가."

하면서 동준이 달려든다. 다 말린다. 둘은 이제 너무 싸워서 서로
웃는다. 씨익 웃으며 또 싸운다.

"으이구, 니 센 거 알겠다. 얼마나 머리 좋은지도."

"그래, 너보다 잘한다. 병신같이."

015

"야 이거 뭐야. 왜 국에 유리가 있어? 너지, 우리 조무 박우리."

"아닌데요."

"뭐, 네가 줬잖아."

까다롭게 생긴 선임 직원이 박우리를 마구 혼낸다.

"야 이 바보야, 머리는 큰 게 어떻게 이런 짓을 해."

"아니라고요."

"야 너 네가 배운 거 다 말해 봐. 지가 머리 크다고 우리를 이렇게 해 먹네."

"아니라니까요. 야 이 바보야, 내 선배며 후배며 다 대학병원 교수하고 있어. 여기 제일 센 의사는 유치한 공부한 지방대 의대 나왔고, 나는 삼성병원, 서울대 병원 들어가려는데 잘린 거야. 이 미친년아. 내가 이렇게 잘하고 있었는데 너희 일 돕고 있잖아."

"뒤질, 꿇어."

"어떻게 그릇을 깨서 사람들을 먹여. 우리는 한 명이라도 살리려고 의사가 되려 했단 말이다. 어떻게든 의학과 예학으로 사람들을 구해한 명이라도 더 살리려고 의사가 되었는데, 어찌 청소부로 끝이 나냐. 나는 더 살 것도 없다. 청소만 한 줄 아냐. 나는 2,000권도 더 의술 책을 배우고 5년도 더 수술 견학을 했단 말이다. 어떻게 기름진 의사들과 같을 수 있냐. 기름진 그놈들보다 열심히 했는데 청소부가 되었단 말이다. 쓰레받기가 된 나는 어떻게 이런 사회가 있냐."

"무릎."

"사회는, 우리가 살아갈 하나뿐인 이 사회가 결국 정의마저도 없었단 거냐. 보기에 딱 맞으면 다 정의고, 아니면 다 병신만 되는 거냐."

울면서 밖으로 나간다.

016

노인이 뛰어온다. 노인이 우리를 설득한다.

"친구, 화 풀어, 어 어떻게 이제 그만해, 어, 더 보람찬 일 하면 돼.
젊을 때 고생이 제일 좋은 것이야. 다 높은 자리까지 풀리거든."
"네 할아버지. 일은 그만둘게요. 잔금은 다 필요 없어요."
"그래, 내가 다 말할게, 제 나한테 빌빌 기어. 내가 알아서 할게. 집
에 가거라."

집으로 오고 다시 공부를 한다. 더 열심히 의예를 공부한다.

017

지일은 화가 나서 동준을 찾는다.

"야 새끼야, 나와 봐."

동준이 나온다.

"새끼, 밥은 많이 먹었냐. 살이 빠졌네."
"큭, 술 했네. 집으로 들어와. 술 한잔하고 끝내자."

둘은 술을 마신다. 화해한 것이다. 술을 마시며 이것저것 얘기를 한다.

"사회가 날 저버려도 어떻게든 다시 붙어서 맞는 거 하면서 살아야되는 게 정답 같다. 막 싸우는 게 아니라."
"아르바이트를 해도 어 한푼 두푼 벌리더라. 그런데 모두 직장이 있잖아. 절반은 말이야. 그게 부럽기는 해도 나의 삶과 뭐 그렇게 공장이든, 뭐 블루칼라든 하면서 살면 되지 않겠냐. 그게 더 나은 거 아니냐. 난 놀잖아."

"그래, 그거야."

"블루칼라 합격했다. 기입 블루칼라."

"오."

018

다 같이 술을 마시며 이런저런 얘기를 한다. 새해가 밝아온다. 연말을 잘 지내고 다시 새로운 시작이다.

다 함께 시작이다.

노비이신 삼촌께 평생 자영업만 하다가 죽은 나의 매니저 오윤석 삼촌의 명복을 빕니다.

4,000만 원
먼저 벌기

001

"안녕, 잘 지내나. 한 번 만날까, 같이."

겨울밤 집에 있을 시간 문자를 보낸다. 세 사람이 한번 만나자는 이야기이다. 좋은 축제와 이벤트만큼 재밌는 모임일 수 있다. 10년 전 400만 원을 먼저 벌자는 내기를 한 후 다시 만나는 것이다. 몇 년간 많은 일이 있고 나이도 많아졌다. 나이도 40대 가까이 되었다. 많은 일이 일어난 10년 전 사건과 그리고 지금까지 세 사람은 많이 성장했다.

서로를 못 알아보는 듯싶다. 그러다가 너잖아. 하면서 서로 인사하는 것이다.

내기를 한 후 우리, 목동, 우상 세 사람은 오랜만에 모인다. 10년이 지난 후 오랜만의 겨울 한 명 두 명 자동차와 대중교통을 타고 만난다. 너무 기분이 좋은 만남이다. 만남 이후 10년간 만나지 않았다. 가끔 묻는 안부가 전부이다. 대중교통인 버스를 털컥털컥 타고 가며 핸드폰을 본다. 만나는 것이 너무 행복하다.

자동차를 타고 가며 저녁 드라이빙을 한다. 저녁놀이 지는 날의 드라이빙은 좋기만 하다. 저녁놀을 보며 쭈욱쭈욱 길을 달려 나간다. 눈과 산, 흰 눈의 산이 너무 아름답다. 금수강산이, 저녁놀이 아름답다.

강남 거리에서 사람들이 많이 모이는 식당 하나를 예약한다. 모두 자동차가 있다. 그리고 다 이제는 잘 사는 것 같다. 좋은 식당을 예약하고 한 명 두 명 여러 사람들이 모인다. 사람들이 매우 바쁘게 움직이는 식당이다. 식당이 정말 멋지다. 박우리는 먼저 와서 무게를 잡고 있다. 오우 이거 좋은데 하며 앉아 있다. 항상 성실한 우리는 무게도 잡지만 언제나 인격이 빛나야 하는 줄 안다. 그 정도로 좋은 성장을 했다.

사람들은 바쁘게 움직인다. 그냥 고기나 구워 먹지 비싼 레스토랑을 예약했냐면서 퉁퉁거리며 목동이 온다. 목동은 외모가 괜찮아 보인다. 키는 170이지만 옷을 고급으로 입고 왔다. 백화점 사장이라도 되는 듯이 옷을 입고 온다. 노란색 스카프를 하고 매우 좋은 캐시미어 재킷을 입고 안에 든 속에 입은 티셔츠도 매우 비싼 듯하다. 매우 멋있는 사람이 되었다. 결혼은 안 했지만, 매우 잘살게 된 듯했다. 결혼 안 한 것은 아직 모르는 일이다. 언제 결혼할지를 모르는 목동의 일이다.

동주가 오더니 묻는다.

"뭐해? 주문했어?"

크게 환대한다. 둘은 모여서 앉아서 이런저런 이야기를 나눈다. 모두 웃으며 오랜만이라는 말이다. 그러나 서로 달라진 모습에 더 잘 살려는 그런 모습을 보이려고 노력한다. 더 잘살았던 게 동창회의 자랑 거리이며 다이다. 더 잘사는 모습을 보여야 하는 것이다.

"오 비싼데 가끔 오는데, 이거 예약한 애 누구야. 얼마나 돈이 많은 거야."

목동은 누가 예약했는지 묻는다. 비싼 음식점이 부담이 된 것도 있다.

"나도 몰라, 그냥 돼지갈비나 구워 먹자니까."

예약을 한 사람이 제일 늦게 온다. 20분 후 천천히 걸어온다. 지우 상이 걸어온다.

"나 결혼한다. 너희 다 와라."

보자마자 그런 얘기를 한다. 목동은 뜨끔한다. 그러나 칭찬을 바로 해준다.

"와, 박수."

우상은 결혼을 자랑한다. 비싸진 않지만 꽤 잘 사는듯하며 핸드폰도 최신 기종이다. 듀얼이다. 100만 원은 줘야 산다. 10년 전 내기 이후 셋은 성장했다. 얼마만큼 성장했느냐가 제일 중요하다. 이제부터 그들의 성장 하나하나를 보아야 한다. 그들은 매우 큰 일을 겪고 이제 얼마나 잘 사느냐가 중요한 것이다.

셋은 하나하나 말하면서 웃으며 밥을 먹는다. 대부분 옛날 학교 얘기이다. 웃으며 그놈 웃겼다면서 옛날 이야기로 하루를 보낸다. 음식 먹는 법도 다 바뀌었다. 그릇을 들고 흡흡거리며 먹는 그런 아이들이 이제는 고급스럽게 바뀌었다. 취향도 고급이 되었다. 너무 단것과 짠것은 안 먹는다. 고혈압과 당뇨를 걱정하게 바뀌었다.

술도 못 마신다. 차를 타고 왔기 때문이다. 차를 마시면서 한 명 한 명 요즘 얘기를 꺼낸다.

우리가 먼저 말한다. 우리는 간호조무사를 10년 전에 했다. 간호조무 일을 마치고 새로운 일을 하려는 것이다. 일은 의료계 납품 업무이다. 의료계에 대한 깊은 지식이 있는 우리는 힘든 일을 하며 점점 의학 일을 배웠다.

"나 납품 1,000만 원어치 하고 왔다. 아 그 계약이 얼마나 좋던지. 그거 넘기니깐 이제야 좀 살 것 같더라. 이런 게 지금 많아. 빨리빨리 회사를 굴려서 뽑아야 돼. 돈을 계속 뽑아야 살아."

목동은 피식 실소하는 듯 웃는다. 자신이 더 많이 벌기 때문이다. 자신은 4대 그룹, 최고 그룹은 아니더라도 대기업에 들어왔다. 매우 잘나간다. 뛰어난 머리와 수완을 지닌 목동이다. 바로 자기 상황을 말한다.

"나도 회사 일이 많긴 한데, 이 돈이 어떻게 쓰이는지를 모르겠다. 너무 돈이 관리가 안 돼서. 회사일 바쁜 시기도 지났어. 그냥 회사 다니며 사는 거야. 이제야 좀 사는 듯하다. 어찌 돈도 어떻게 나가는지 모르겠고 뭐 이런 좋은 팔자다 하하하. 알겠냐."

우리가 말한다.

"나 좀 줘. 나는 무슨 가난한 선비냐. 어. 우리 회사 상장한 것에 돈 좀 대 봐. 내가 사업하는데 기술직으로 일하고 있어. 돈은 얼마 안 되는데 의료기관에서 일하잖아. 내 꿈 쫓다 보니 이렇게 됐다."

레스토랑에서 밥을 먹으러 온 가족들이 모여서 오고 지나간다. 모두 결혼을 걱정할 때이다. 한 명 두 명 결혼한다는 소식이 전해진다. 결혼을 해야 한다. 결혼해야 안정이 되고 똑바로 살 수 있다. 결혼을 위해 사는 것이다.

우상은 결혼을 하려고 한다. 결혼하기로 했고 이제 기다리는 것은 잘 준비된 결혼식이다. 여자친구가 괜찮아서 바로 결혼하기로 했다. 서로 엄청나게 좋아한다.

지우상이 말한다.

"내 여친은 얼마나 예쁜데, 어 내가 돈은 조금 벌어도 여자친구가 예뻐."
"그래 그럼 된 거야. 인생 성공이야"

목동이 좋아해 준다.

"야 나는 무슨 돈이 많다니깐. 그냥 돈만 보고 사귀려고 해, 이거 좋은 여자 찾는 게 불가능해, 옛날에 좋아하던 애는 우리를 쳐다보지도 않아. 그냥 돈만 보고 막 사귀려는 거야. 우리 회사 말고 선 시장 같은데 말이야."

우리도 말한다.

"나는 뭐 예쁜 건 그렇다 치더라도, 그냥 똑같이 사는 여자애랑 좋아하려고 했는데 이제는 그냥 여자기만 하면 그냥 결혼하고 싶다. 뭐 여자가 붙지도 않고 그렇다고 없는 건 아니고."

셋은 이야기로 끝이 없게 웃는다. 또 옛날처럼 돈 벌기 내기로 싸울 줄은 여태까지 모른다. 곧 돈 벌기로 전쟁 같은 돈 내기를 한 번 더 시작한다.

002

"5,000만 원 쌓여본 적 있어?"

박우리가 묻는다.

"없지."
"없어."

셋은 서로를 만만해한다. 다 외투를 벗으며 더 자랑하려고 한다. 얼마나 돈을 잘 벌고 잘살고 있는지를 자랑하려고 한다. 목동은 노란색 실크 목도리를 벗으며 말한다. 우리도 좋은 옷을 입고 왔다. 헤지스, 이런 옷을 입는다. 신사이다.

겉옷을 벗으니 헤지스 옷이 나오자 말한다. 돈이 많냐는 것이다. 돈은 어느 정도 있다고 말한다. 셋은 이제 시합하려고 한다. 돈을 가장 먼저 버는 그 전의 내기 이후 다시 하려고 하는 것이다.

"야 너희 5,000만 원 벌어본 적 있어?"

"내기해. 누가 먼저 버는지."

내기가 성립된다.

"그래. 뭐, 얻는 게 뭔데."

셋은 열을 올린다.

세 달 안에 4,000만 원 벌기. 세 사람의 내기이다.

"야 내가 메가스터디 직급이 계장인데 5,000을 못 벌겠냐. 야, 그냥 아무것도 안 쓰고 4개월이면 5,000 벌어. 내가 장담한다. 내가 이긴다고."

목동은 멋진 옷을 자랑한다. 백화점 세일기간 중에 비싸게 산 옷이다. 매일 자랑하듯 입고 다닌다. 자기의 고급 옷들을 매우 좋아한다. 신세계 백화점에 마일리지가 얼마나 쌓였는지도 모른 채 계속 옷만 사댄다. 1퍼센트씩 쌓여서 50만 원이 쌓였는지도 모른다.

"이거 안에 이거 얼마나 열심히 고른 건데, 어 백화점에서 얼마나 많이 샀는데 이걸 어. 이런 거 몇 개만 안 사면 내가 이겨, 돈이 얼마나 많이 썼는데 내가. 어? 4,000은 한두 달이면 벌어."

지우상이 말한다.

"나는 뭐 융자 끼면 되냐. 신용이 있으니깐 융자로 5,000만 원 가져
온다. 그냥 빌리면 돼. 은행 신용이 좋고 일자리 있으니."

"일은 뭔데."

"그냥 일용직 하고 있다. 일용직 하며 하나하나 돈 모았다고,"

"그래, 내기하자."

다 웃으며 레스토랑의 음식을 좋아한다. 모두 자기들 이야기로 바쁘
다. 좋은 식당인 만큼 비싼 음식이 나오고 서비스도 좋다. 직원들도
좋은 불빛이 좋은 만큼 비싼 요리를 대접한다. 그만큼 비싼 음식값을
내고 나온다. 한 명 두 명 인사하며 집으로 간다.

003

박우리는 동생과 밥을 먹는다. 아침이다. 일어나서 TV를 본다. 앉아서 책을 읽는다. 아침에는 매우 빨리 일어나 책을 읽고 일을 시작한다. 일어나서 바로 집의 책상에 앉아 책을 읽고 일하러 가는 것이다.

동생과 이야기를 나누어 보려는 것이다. 박우리의 남동생 말이다.

아침 기적의 루틴, 10분의 아침 철학법, 이런 책들은 우리를 보고 책을 이해하여야 한다. 열심히 공부한 애는 보통 아침 일찍 책을 읽는 습관이 있는 애가 있다. 그렇게 맑은 정신에 책으로 하루를 시작하는 루틴이 있으면 정말 열심히, 높은 점수를 받는 학생이 된다. 여기서 빨리는 5시 정도이다. 학교 가기 전 2시간을 공부하고 가는 것이다.

루틴을 잘 만들어 자기의 인생을 한번 최고로 만들어보자. 라며 있는 글들을 참조해서 열심히 살아야 한다.

우리가 말한다. 평범한 옷을 입고, 옷에 아예 관심이 없는 우리는 펑퍼짐한 옷을 입고 살이 하나도 없는 자신을 거울로 쳐다보며 씻는다. 그러다 동생이 움직인다. 동생을 찾아가 말한다. 남동생이다. 자기 남동생한테 말한다. 별 생긴 것도 차이가 안 난다. 둘 다 비교적 잘생겼다. 둘의 사이는 평생 갈 것 같다.

자기가 먼저 어제 이야기를 꺼낸다.

"내 옛 친구들 잘살더라."

동생도 사업가이다. 동생과 이야기한다. 동생은 웃는다. 어떻게 잘사냐 물어본다. 잠옷을 벗고 샤워하며 나온다. 빨리빨리 말리더니 동생은 웃으며 이야기를 꺼낸다.

동생이 이야기를 한다. 비싼 계약 회사 이야기를 해준다. 비싼 계약을 떠올린다. 계약이 매우 잘되었고 비싼 금액을 받았다는 것을 들었다. 바로 물어본다.

"비싼 계약금은 어떻게 관리하나? 계약 하나 딴 거 그걸로 뭐 좀 사자."

우리는 웃는다.

"10억은 돼야 쓰지. 그런 건 줄 알았는데 1,000만 원에 웃고 우니, 안 그러냐, 우리가 의대생일 때는 정말 그런 줄 알았는데"

"형, 나도 웃겨서 그래. 아직도 의대생일 때 생각해?"

"일이 뭐 말을 해서 사업이지. 우리 목표인 번듯한 회사 만드는 건데, 이게 어떻게 벤처가 되고 중소기업 넘어 중견까지 되냐?"

벤처와 중견까지 키우려는 매우 원대한 꿈이다. 꼭 못 이룰 것은 없다. 실력과 운이 있으면 되는 것이다. 거기에 노력과 동료가 있어야 한다.

"의사 면허증이 있으면 뭐 잘될 수도 있었잖아. 그래도 거기 의사 되다가 돼졌을 거야. 의사는 뭐 공짜로 되겠어?"

"내 말이 그거야. 이런 의료계에 남은 것도 잘된 거 같애."

동생은 리바트 가구 책자를 꺼내더니, 이 소파로 바꾸자고 말한다. 소파는 노란색에 넓은 면적을 차지하는 가구이다. 꽤 좋은 집에 좋은 소파로 바꾸려는 것이다. 소파는 비싼 100만 원짜리다. 괜찮은데 하면서 우리도 본다. 돈 4,000만 원 내기를 이긴 후 100만 원짜리 소파를 사려고 한다.

리바트 가구를 쭈욱 본다. 푸른색 3인용, 갈색 3인용 등 괜찮은 것은 많다. 비싼 가구를 살 만큼의 형편이 안 되는 우리는 계약금을 조금 쓰려는 것이다.

"형!"
"알겠어. 사자."

둘은 리바트 300만 원짜리 가구를 집으로 사 온다. 아빠가 들어온다.

"아유, 이게 뭐야!"
"하하하하, 우리 작품입니다."

아빠가 화나서 말한다. 그렇지만 조금 보다가 화를 푼다. 화를 풀며 말한다. 괜찮으니 그냥 화는 안 내는 것 같다.

"네 손으로 번 돈이니까 오늘만 봐주는 거야."
"하하하, 네."

인테리어와 조명, 편안함이 대단히 잘 어울린다. 조명은 주황색 매우 밝은 등이다. 매우 아늑한 그런 불이다. 그들은 너무 좋다. 100만 원의 가치만큼 쓰고 좋아할 수 있다.

오전에 소파를 산 후 이제 일터로 간다. 일은 너무 많다. 작은 사무실에 2, 3명이 있다. 자리에 가서 앉아서 일을 본다. 일이 너무 많다.

설계도를 CAD로 설계한다. 과학원리에 맞게 설계도를 그리고 식을 구한 후 맞는지 본다. 매우 어려운 작업일 수밖에 없다. 과학이 다 맞아야 하고 그래야 제대로 된 의료기기를 만들 수 있는 것이다.

자 이제 그려보자. 하며 하나, 둘, 셋 여러 개를 그린 후 수식을 구한다. 수식을 구해서 전산을 때려본다. 대충 다 맞다. 변리를 스스로 한다. 변리를 마치면 제품서를 만든 후 공장에 갖다준다. 이런 일을 하는 게 이과에서 제일 어려운 일 아닐까 싶다.

그런 일을 한 후 공장에 간다. 차를 하나 샀다. 현대차 작은 승용차 모델을 하나 사서 매일 타고 다닌다. 인형을 잘 배치해 장식된 좋은 차를 타고 공장으로 간다. 공장으로 가니 사장님이 반기신다.

"어 이번 거 어떻게 다 만들었는지 좀 보여 봐. 도안 내놔 봐."
"자, 의약품 보존기."

잠시 보더니 다 만들 수 있는지 어림짐작으로 안다.

"오, 오케이. "

"얼마나?"

"2,000."

"오예, 그럼 믿고 갑니다."

계약서에 사인하고 도장을 찍는다. 계약서를 서류 가방에 넣어 차로 가서 돌아온다. 혹시 모르는 우리는 계약서를 사진으로 찍어 놓는다. 불안한 가시방석 같은 회사 일이다. 매우 힘들고 회사 이익의 세금 신고며 별의별 것을 다 해야 한다.

"제발 잘 되기를."

004

목동은 결국 회사에 붙었고 거기서 대리 계장을 넘어 과장까지 남아 최선을 다해 하루하루 살고 있다. 최고의 자리까지 올라가기 위해 최선을 다할 뿐이다. 잘난 머리와 타고난 배짱으로 하루하루 최고의 노력을 다해 살고 있다.

목동은 회사에서 잘 앉아 있다. 머리 쓰는 일이라 매우 힘들다. 하루하루 초조하게 흘러만 가던 대리, 계장 때와는 달리 과장이 되니 할 일도 별로 없고 그냥 잘 굴러가게만 하면 된다.

그냥 앉아서 코를 골며 자고 있다. 10명의 사람이 있는 사무실에는 모두 머리를 굴리며 여러 학습과 관련된 콘텐츠를 짜고 더 좋은 학습을 연구하는 그런 일을 하는 사무실이다. 그렇게 모두 앉아 일을 하는 것이다.

자신은 중고등학생의 학습 콘텐츠를 만들어야 한다. 인터넷 강의를 찍는 일이며 문제지, 교재, 뭐, 뭐. 계속 일을 하는 것이다. 성공을 위해 더 대단한 책을 만들어야 하고 더 잘 가르쳐야 한다. 그것만이 해야 할 일이다.

목동은 비싼 양복을 많이 사서 입고 다닌다. 옷을 고급스럽게 잘 입는다. 신세계 백화점 사장처럼 말이다. 고급스럽게 옷을 입고 일을 처리하며 계속 버티다 보니 어느새 과장 넘어 이제 부장 자리를 노리는 사원이 되었다. 사원들도 잘 입고 올 때 매우 멋있다. 열심히 살면서 좋은 옷을 입는 건 기본이다. 꼭 갖추어야 한다.

화가 난듯한 부장님은 매일 목동을 뭐라 뭐라 하며 가르쳤다. 그러다 점점 성장하며 이제는 알아서 하자 관두는듯하다. 이제 다른 부서로 떠나려고 해 부장 자리가 남는 것이다. 부장 자리를 매우 탐냈고 이제 이사라는 임원직이 보이는 부장 자리가 가장 큰 목표가 된 것이다.

"자 오늘 이만 끝. 모두 잘했고."

목동이 끊는다. 부장 말을.
자기도 말을 할 수 있는 거다. 많이 까불어서 그렇다.

"오케이 내 부서들 정말 잘했어."

모두가 박수 친다. 부장이 다시 말한다.

"다 잘 들어가고, 다 같이 열심히 합시다."

목동은 월급날을 기다린다. 월급으로 무엇을 살지 다 정하지도 않는다. 한도가 뭔지도 모르고 옷을 푹푹 산다. 아내가 있어서 돈을 관리해주고 양육비에 최선을 다하는 더 어른스러운 남자가 되어야 한다.

그렇게 매장 백화점을 번갈아 잘 다니며 회사 일만 한다.

회사 일을 한 후 집으로 돌아간다. 고기나 한우로 사 와서 집에서 구워 먹는다. 미국산 소고기 먹는 걸 가장 좋아한다. 집 앞의 마트에 들린다. 휘파람을 불면서 큰 주차장에 차를 대고 마트로 들어간다. 제일 좋아하는 것들을 산다. 뭐 이것저것 사며 가다가 정육점 코너에서 하나 제일 좋은 것을 픽 고른다. 정육점 아저씨가 말한다.

"고거요, 고거. 제일 좋은 거."
"오키, 수고. 안심을 안 살 수도 없고."

집으로 돌아와서 소고기를 구워 먹으며 TV나 본다. 그렇게 하루가 계속된다.

005

지우상은 일용직 근로자이다. 하루하루 벌어먹으며 사는 것이다. 여자친구가 꽤 예쁘다. 남녀 둘 다 사람에 반한 것이다. 서로에게 말이다.

돈을 많이 벌어 풍요로운 삶을 살아도 매우 좋을 것이다. 그러나 빈부 격차와 높은 교육 수준뿐만 아니라. 매우 좋은 삶을 사는 것을 추구하여 골라야 한다. 그러나 사람만 좋을 수도 있다. 사람 됨됨이와 카리스마 그런 것을 고를 수도 있다. 그렇게 여자친구가 고른 게 우상이다. 카리스마란 하나의 리더 됨이다.

돈을 벌고 먹고살고 계속 그렇게 지낸다. 하루하루 무엇을 납품하고 일을 바쁘게 한 후 일을 처리하고 하루하루 그렇게 산다. 그렇게라도 살면 되는 것이다. 여자친구도 생긴다.

돈을 결혼 자금으로 모아둔 것이 있다. 2,000만 원이다. 그것으로 신혼생활을 꾸리려 한다. 집은 원래 집에서 리모델링해 살려고 한다.

"아이고. 힘들다, 힘들어. 어떻게 하루가 이렇게 안 가냐."

오래된 카고바지를 입고 푸른 티를 입고 일용직을 하며 하루하루를 견디며 산다. 아르바이트를 다 해본 것이다. 그러다 공사장이나 공장의 일용직으로 일하면서 돈을 벌며 산다.

힘들지만 아내가 있으니 산다.

006

2개월이 지난다. 셋은 전화로 내기의 상황을 알아본다. 모두 많이 벌었다. 3,000~4,000만 원에 가까운 돈이 벌써 벌렸다. 누가 이길지는 모른다.

목동은 잘난 척을 한다. 태생적인 부자이며 공부, 대학, 일자리까지 완벽하게 돼 있는 동주는 정말 잘난 척을 한다. 정말 잘난 놈이다. 잘난 놈은 항상 자랑하며 산다. 그래서 겸손이 미덕이다.

의사가 꿈이었던 우리는 의료계에는 붙었으므로 잘한 것이다. 돈이 안 벌려도 의료계 종사자이다.

"목동님이시다. 다 꿇거라, 3,500만 원 들어왔다."

목동은 또 잘난 척을 한다. 남을 무시하면 안 된다. 잘난 척을 하더라도 말이다. 진짜 잘나서 잘난 척을 하는 것이 더 나쁘다.

"야, 이 멍청한 우상과 운 없는 우리야. 내가 이렇게 최고이지 않니.

멍청이와 불운이."

"야."

둘은 진짜 화났다. 둘은 끝도 없이 열심히 해도 진 것이다. 분할 뿐
이다. 우상이 화를 낸다.

"야, 빌어먹을. 너만 잘난 거야, 지금?"

"응, 결혼 자금을 넌 보여주고 있잖아. 이 멍청아. 난 두 달 월급이
야. 어. 돈이 얼마나 많은지 알겠지. 이 거지 버러지."

"야- 너 다시 보게 되네, 이런 쓰레기."

둘이 막 싸운다. 우리는 말리고 둘은 싸운다. 만난 곳에서 말싸움
을 지나 몸싸움까지 번지려고 한다.

"야 너 나 피해 다녀라. 이 새끼가 나이를 거꾸로 처먹나. 어 이 미
친놈이. 어."

모두 다 어린아이 같다. 30대인 세 명은 아직도 청년이고 철없는 아
이 같다. 갑자기 어른이 되거나 점잖은 선비가 되는 것이 아니다. 다
오래 걸린다. 어른같이 사는 것이 말이다. 30대도 아직 애다.

"야 너 무직이지. 너는 거의 무직인 게 우리랑 술을 마셔."

들더니 우상이 미친 듯이 화를 낸다. 야 이놈아 하면서 화를 버럭버럭 낸다.

"내가 무직이면 너는 그냥 계약직 종사자 아니야."
"찐따 새끼."
"뭐? 찐따?"

둘은 그렇게 싸운 후 집으로 들어간다. 그들의 싸움은 끝이 없어 보인다. 갈등은 점점 심해지고 싸움은 날카로워진다. 목동이 그냥 집으로 가버린다.

007

목동은 잘난 척이 달려 있다. 부자인 것과 고학력, 잘난 척이다. 성격이 정말 얄밉다. 살다 보면 그런 사람을 만난다. 자신일 수도 있다. 그러지 말아야 한다. 얄미운 성격으로 우상을 화나게 한 것이다.

목동은 어려서부터 1, 2등을 놓치지 않은 수재이다. 돈은 또 얼마나 많은지 항상 막 쓰고 다닌 나쁜 놈이다. 막 나쁜 짓을 하지는 않지만, 그래서 더 얄미울 수도 있다.

이 얄미운 사람을 모두가 다 싫어하지만 능력과 조금 옳은 정신을 믿는다. 옳게 키워내야만 한다.

목동은 집으로 와서 누워서 화난 채 무덤덤하게 있다. 밥도 안 먹는다. 자기가 잘못한 것이라고는 생각된다. 잘못은 잘난척한 게 먼저 잘못으로 되어야 한다. 어른들의 세계가 아니라 어릴수록 더 잘난 척을 고쳐야 한다.

삶이 매우 고되나 다 같이 살아야 한다. 누구에게나 쉬운 인생일 수 있지만 모두가 다 처음 사는 생이다. 어찌 보면 힘들다. 다 같이 살아야 한다.

점차 어려워지는 우리 청년들의 삶은 더욱이 그렇다. 같이 나아가야 한다.

동주는 조금 눈을 붙이더니 어느새 아침이다. 바로 회사로 달려간다. 회사에서 이제 또 다른 싸움이 시작된다.

싸움은 길다. 승급 심사이다. 상대는 매우 평범한 옆 부서 과장이다. 부장 심사이다. 둘 다 원서를 내서 마지막 심사가 있다.

"목동 씨, 당신은 회사의 구조적 문제점을 발견했다고 써 두셨네요. 그 문제점에 대한 해결책을 말씀해보세요."
"없습니다. 이대로 가다간 조금 무너집니다. 더 사업을 확장해야 합니다."
"지원자분 어떻게 생각하시나요?"
"수익구조를 혁신적인 방법으로 바꾸어야 합니다. 생산시설과 부회사와의 관계를 재정립하고 더 나은 사업의 퀄리티로 승부해야 합니다."
"음, 그렇군요. 알겠습니다."

둘은 계속 말을 한다. 둘 다 회사를 좋아한다. 하지만 과장 역시 똑똑하다. 목동은 그래도 말하고 싶은 대로 다 말한다. 당당한 것이 좋다. 당당하게 말한다.

"내일 오전 발표가 있겠습니다. 두 분 다 잘하셨고 들어가 쉬길 바랍니다."

*

한편, 우리도 회사 제품 테스팅을 한다. 모두가 지켜보고 있다. 그렇게 테스팅을 진행한다. 그때 만든 그 보존기다. 매우 비싸게 팔릴 수 있고 매우 가치가 있다. 그런 제품을 시험해 봐야 한다.

전원을 누른다. 사장이 테스터들을 불러 같이 실험한다. 작동기를 조작해서 누른다.

"잘 안되네."
"뭐가요?"

우리가 말한다.

"온도가 끝까지 안 올라가고, 이거면 안 되지. 좀 틀려. 전력도 잘 안되고. 이게 계산이 부실한데."

"제가 다 고칠게요. 자세히 분석하고 고치겠습니다."

"그럼 돈은 다 물어줘야 하는데, 5,000은 깨지겠는데."

"5,000이요?"

"아이고, 이 새끼야."

우리는 듣고 엉엉 운다. 돈 모은 게 3,000이 있다. 모두 날리고 다시 시작해야 한다. 3,000만 원이란 전 재산 이상의 돈이 날아간 것이다. 다시 만들어 보내야 한다.

한편, 목동은 내일 아침 일어나자마자 핸드폰을 본다. 핸드폰에는 이렇게 와있다.

"불합격, 다음 기회에 도전하세요."

화내며 핸드폰을 집어 던진다. 엉엉 운다. 평범한 애한테 승급이 밀린 것이다. 얼마나 화를 내는지를 모르겠다. 다 부수며 엉엉 운다. 쓰러진 채 다 부순다.

의료기를 본다. 덩그러니 놓여있어 화만 난다. 뚜껑이 저절로 열린다. 빛이 반짝인다.

"아. 계산이 안 돼 있네, 숨은 열이 계산이 안 되네."

다 수치를 적으며 계산을 맞춘다. 계산하자 딱 맞게는 됐다. 이제는 설명서이며 계약서이며 수치 리포트와 설계도를 바꾸어야 한다. CAD를 키고 하나하나 제품을 바꾼다. 2, 3시간이 걸리며 일단 바꾸어 놓고 시간을 재서 확인한다. 정상 작동임을 확인한다. 오차를 분석해야만 한다. 과학 기구는 많은 실험과 오차 또 시행착오를 거쳐야 한다.

다 만들고 회사에서 공장으로 간다. 20분 전에 문을 닫았다. 그러자 그냥 거기서 아침까지 기다린다. 다시 분석하고 수치를 세고 계속하여 맞은 계산인지를 본다. 이번 것은 맞을 것이다. 12시가 되어 잠이 들려고 할 때 사장 아저씨가 문 앞으로 오신다.

기적처럼 온 사장님은 문을 여시며 얘기한다.

"그거면 작동되죠. 시판 가능할 거예요."

"네, 또 안 될까 봐 불안해서 그래요."

"거기 놓고 설계도면 주시고 1주일 내로 만들어서 피드백 줄게요. "

"네. 감사합니다. 감사합니다."

12시 30분 차를 타고 서울 외곽 순환도로를 타고 집으로 돌아온다. 집에 오자 스르르 잠이 든다. 어떻게든 돼야 2,000만 원 계약금으로 돈을 확보할 수 있다. 이미 내기는 생각하지도 않는다. 그냥 살아내는 것. 자기 일을 하며 자기를 성취하는 것이 목적이어야 한다. 그런 일을 하며 자신의 꿈 또는 자신이 무엇인지 찾는 것 그것이 30대의 일의 목표이다.

차를 타고 오며 들었던 노래를 흥얼거린다.

"My dream is clear the final moment, I did it my way."

자신이 죽기 전 나는 최고의 나의 길을 걸었다고 자신도 동의할 수 있는가? 그것이 어쩌면 제일 어렵고 하나의 목표가 돼야 한다는 그런 내용의 노래이다. 길고 긴 인생에서 돌아보았을 때 스스로 동의할 수 있나를 곰곰이 생각해야 한다. 그럼 잘 산 것이다. 그런 죽음 앞에서 자신의 삶이 My way로 느껴질 때, 그 사람이 정말 높은 사람일 것이다.

누구에게나 후회와 회한이 있다. 그런 슬픔을 되돌아볼 때 그 정도의 슬픔과 회한은 조금은 있어야 한다. 그래도 그것이 어느 정도 있다면 또 승자이다.

"Some regret."

조금의 후회는 있어도 된다. 그러나 내 길을 가야 한다. 그게 바른 길이다.

다음 날이 온다. 회사에서 정신없이 일을 하나 7일이 정말 안 간다. 눈을 뜨고 계속 일을 하며 의료기기와 회사를 위해 일을 한다. 끝이 없이 일을 하며 7일이 지난다. 사무부터 기기 제작까지 계속해서 일을 한다.

문자가 온다.

"기기 정상 납품되었습니다. 게약금은 계좌로 보냈으니 확인하시기 바랍니다."

우리는 울음이 나는 듯하다. 그리고 기쁘게 웃는다.

009

우상은 한숨만 쉬고 일터에서 일을 한다. 공장에서 일을 하며 살고 있다. 일은 정말 힘드나 일급은 20만 원은 받는다. 인권이 늘긴 늘었다. 일하는 사람의 인권은 늘었고 월급도 늘었으나 힘들고 지치는 것은 바뀌지 않는다.

일을 하니 돈을 준다. 내일도 오란 말에 기쁘게 집에 온다. 여자친구와 저녁 데이트를 한다.

"자기, 바빠도 나한테 잘해줘야 해."
"응, 돈 번 거로 뭐할까?"
"돈은 나도 많아. 그냥 같이 밥이나 먹어."
"친구랑 싸웠지?"

여자친구가 묻는다.

"말 안 했는데 어떻게 알아?"
"친구 만난다며. 근데 화나있잖아. 화해해. 안 하면 같이 안 살아."

"뭐 그러지 뭐."

두 커플은 서로 좋아하며 저녁을 먹고 헤어진다. 우상의 행복은 다 여자친구에게서 나온다. 같이 밥을 먹고 저녁 늦게 집으로 온다. 버스를 털컥 타고 집으로 돌아오니 친구에게서 문자가 와 있다.

"화는 풀렸냐, 내기는 없던 걸로 하자."

문자를 다시 보낸다.

"그래. 미안하다 나도."

010

목동은 회사로 출근한다. 회사 식구들 모두 위로해준다. 다른 팀의 부장이 된 경쟁자를 힐끗 노려보고 자기 자리에 앉는다. 욕을 조금 한다. 손으로 말이다. 부장도 슬쩍 보더니 다른 일을 한다.

"괜찮아요, 다음번에는 지원자도 없어요."
"그래, 이제 다시 모두 내 말 듣고 일 시작."

모두 다 박수를 친다.

"오늘 저녁 재한테 고기 사달라고 하고, 주말여행 예약해놔. 자 일 시작!"

목동은 오는 길에 자동차에서 동기화된 통화 기능으로 친구들과 이야기한다. 자동화가 돼 편해져서 더 좋아진 것이다.

"야. 내기는 끝났고. 어쩌면 술 한잔 먹으며 어떻게 화해하면 안되겠냐?"
"그래."

"나도."

셋은 바로 옛날 고향 자주 가던 밥집에 간다. 밥집에서 이것저것 시킨다. 여기서 제일 맛있다는 제육볶음과 김치전을 먹으며 술을 마구 마신다.

"야, 술 먹어. 자 진짜 맛있는 술이 양주면 소주는 만병통치약이야. 자 소주 원샷."

"캬-"

"야 이게 술맛이지 않냐. 공부하다가 독서실 12시에 끝나고 술 한잔 할 때 그 맛이랑 똑같아."

"그래, 밥 먹고 놀아야 해. 공부만 하던 시절이 지나고 어떻게 우리가 이렇게 어른이 돼서 일하면서 즐겁게 사냐."

"친구들 한 명 한 명 결혼하며 사는데 우리는 남아서 이렇게 살고. 하, 친구들 다 보고 싶다. 친구들이 뭐 하는지 원. "

시간아 흘러라 흘러 그땐 그랬지. 참 세월이란, 참 세월이란. 말할 수 없더군, 사는 것 하루하루가 전쟁이더군.
참 세상이란 참 세상이란 만만치 않더군, 사는 것 하루하루가 전쟁이더군.
이제는 고생 끝 행복이라 네 세상이 왔다, 그땐 그랬지.

노래를 부르며 세 친구는 하룻저녁 내내 논다. 새벽에 집에 도착한다. 친구 모두 돈 벌기 내기를 하면서 자신의 직업을 좋아하게 됐다. 그리고 그들은 돈을 벌면서 한층 성장했다. 성장한 자신의 모습을 보며 친구들은 다시 서로의 우정을 찾고 서로의 사랑을 찾는다.

어쩌면 황당할 수 있는 이 내기는 서로의 능력을 과신하고 더 자랑하려는 그런 의식 중에 한 것이다. 그러나 그런 일은 매우 나쁘게 흘러갈 수 있다. 자랑과 잘난 척이 어쩌면 그 기본의식이 아닐까. 그러므로 모두 다 서로의 실력을 믿고 자신의 일을 하나하나 해나가는 것이, 그런 게 초입의 중요한 일들이다.

서로의 싸움은 더 잘하려고 하는 것이다. 그러나 더 잘하려고 하면 된다. 열심히 해야 하고 최선을 다해 상대방을 상대해야 한다. 정의롭게 했으면 잘못은 없는 것이다.

마지막으로 우리는 생각한다.

"친구는 잘 됐어. 일도 돌아갈 이 정도면 성공한 거야."

4억
먼저 벌기

001

　격렬한 싸움과 결투 끝에 10년이 흐른다. 흐른 세월만큼 쌓여가는 세월의 흔적들이 발목을 잡는다. 30세에 벌써 고생과 행복의 락을 전부 다 느끼고, 어떻게든 더 잘하려고 노력한다. 격렬했던 2020년이 지난다. 그리고 바뀐 것이 없는 것 같은 2024년이 온다. 30대까지 뛰는 축구 선수보다 오히려 30대부터 시작하는 직장생활이 점점 더 고달파진다.

　직장의 시작은 30세로 봐야 한다. 어려서 빨리 들어가는 경우도 많다. 30살까지는 해야 뭐가 좀 되나 나이가 많은 것도 요즘은 뽑아주는 추세라고 들린다. 경력직, 신입 모두 나이가 중요하긴 하다. 경력직으로 해서 커리어를 잘 개발해야 한다.

　30세는 몸의 정점이다. 35세까지 몸은 정점이라 할만하다. 그러나 38, 40세로 흐르면서 몸은 점점 지쳐가는 것이다. 그러나 건강하게 살려고 노력한 만큼 어른들도 몸은 편하게 산다. 운동과 정신이 좀 지친 것이다.

건강을 하나로 정의하기도 어렵다. 열심히 운동하는 상태, 그런 것들이 가능하면 건강으로 볼 수도 있다. 하지만 건강검진의 건강을 또 새롭게 볼 수 있다. 어려운 질병이 없는 건강이 최고로도 볼 수 있다.

몸을 누워 일어나는 친구들은 자리를 잡고 할 일을 하며 똑바로 산다. 똑바로 살지 못하면 정말 힘든 삶을 살아야 한다. 자신과 남들을 위해 최선을 다해 사는 것만이 능사이다.

운동은 정말 필요하다. 러닝머신에 붙어 몇 시간을 안 떨어지는 헬스 회원들을 잘 봐야 한다. 매일 타는 사람은 정말 살이 없고 건강하다. 건강한 삶을 살아야 한다. 맨유의 라이언 긱스처럼 38살까지 현역으로 있는 그런 대단한 근력과 운동능력을 가져야 한다. 그래야만 살 수 있는 거란다. 호날두도 38세로 최고의 실력을 보여주고 있다.

바디 포지티브는 매우 요즘 유행이다. 자신의 몸에 만족하는 삶을 사는 것이다. 열심히 살아 자신의 외형에 만족하는 바디 포지티브는 정말 중요한 듯하다. 중년으로 살아가는 것이 정말 자신을 찾고 열심히 살아가는지가 중요하다. 호날두몸만 바디 포지티브는 아니다. 더 좋은 몸을 스스로 찾아야 한다.

많은 제품들이 쏟아져 나온다. 여러 회사들은 화장품에 여러 기능을 담아 판다. 그런 것들을 좋아하며 많은 화장품을 남자도 사용하고 꾸며야 한다. 바지 포지티브가 올라가는 그런 일들을 해야 한다.

과반수 이상이 자신의 몸에 만족하고 있다고 성인을 대상으로 한 설문조사에서 나온다. 또 많은 조사가 그 경우 삶의 만족도도 높아진 다고 한다. 바디 포지티브처럼 괜찮은 자신의 몸을 좋아하는 그런 유 행이 우리의 삶을 더 좋게 만들 수 있다.

어른이 된 후 계속 잘 살려는 노력을 통해 점점 잘살아지는, 그리고 자신이 누군지 알게 되는 그런 자아의 성숙이 일어나야 한다. 첫 번 째 사회의 진입은 자신이 누구인지를 찾아야 하는 숙제에 들어간다. 자신은 자기가 누군지 깨닫고 열심히 죽어라 해내야 한다.

많은 숙제들이 있다. 그다음, 다음, 다음의 단계로 들어가며 온 힘 을 다해 살다 보면 종착점은 정말 좋은 보상이 당신을 기다릴 것이다.

002

목동의 이름은 목소리가 멋있다 해서 목동이다. 목소리가 좋다는 말도 있다. 목동 스튜디오에나 있을 만한 그런 인재라는 뜻인 듯하다. 그런 목동은 그냥 하루아침에 된 것이 아니다. 어려서부터 최선을 다하는 인재임이 보였고, 그렇게 계속 키워나가야만 하는 인재의 전형이다.

인재들은 정말 많다. 점점 사라지는 듯하다. 그러나 계속 살다보면 한 동네에서 만나게 되는 우리들의 친구들은 계속 만나지는 듯하다. 그런 짧은 만남도 친구들과 함께 공존하는 동네의 즐거움이다.

목동은 좋은 아파트를 하나 샀다. 동네에서 벗어나 좋은 아파트를 구입해서 역세권에 집을 샀다. 집을 산 후 결혼할 여자친구도 있다. 여자친구는 매우 선을 많이 봐서 어울리는 짝을 하나 골랐다. 집은 정말 좋다. 정말 좋은 집을 비싼 값에 사서 잘 된 것이다.

목동은 마치 백화점 사장의 집처럼 꾸미고 산다. 정말 세련되었다. 그런 모습이 정말 좋게 보인다. 부자는 맞다. 백화점의 사장인 양 있다가 열심히 공부하며 일을 해내어 간다. 일은 정말 힘들다. 백화점의 사장처럼 정말 잘 꾸미려고 노력한다. 명품은 다르긴 다르다. 그런 명품을 두르면 다르긴 다르게 보인다. 그런 효과를 만들고 최고의 명품을 발라 만드는 그런 것이다.

명품을 사용하다 보면 정말 멋진 일들이 생긴다. 멋진 옷과 화장품들이 얼마나 사람을 바뀌어 보이게 하는지를 모르겠다. 정말 멋있는 옷들을 골라야 한다.

사람의 일을 정말로 열심히 해야만 한다. 거기서 일단 자기가 무엇인지를 찾는 것이다. 누구인지를 찾은 후는 다음 단계이다. 자신이 누구이고 자신이 어떤 역할을 받았는지를 알아내야 한다. 자아상을 만들어 가는 것이다. 자아를 찾고 일을 본 후 자기가 어떻게 해야 하는지 열심히 살아야 한다. 자아상을 만들어 가는 것이 정말 중요하다.

열심히 공부하며 살았던 학생 때와는 다르다. 공부는 계속되며 일은 점점 늘어난다. 자신이 할 수 있는 일이 늘어나며 일의 중요도도 바뀌게 된다. 그런 삶을 살며 하루하루 열심히 해나가다 보면 정말 대단한 일이 일어날 수도 있다.

공부를 열심히 한다. 목동은 열심히 공부하는 중이다. 공부는 좋은 일일수록 많이 해야 한다.

"자 실적이 오를 만한데, 이게 아직도 어려운 부분이 많네. 열심히 다 외우고 가련다. 300개의 용어들을. 자, 볼까. CAD, 뭐 경영 지표 네, 거의 다 경영 수치를 말하네."

목동은 언제나 노력한다. 자신이 있다. 머리가 잘 굴러간다. 노력하고 잘 굴러간다. 노력과 학습은 정말 탁월하다. 학습에 뛰어난 수재인 목동은 정말 잘 이해하고 잘한다. 정말 잘 이해하고 연습 없이 익히는 한마디로 최고의 일꾼이다.

매일 보다가 가끔 생각이 안 나 까먹는 것도 있다. 몸이 매우 힘들고 술과 여러 불균형한 생활에 의해 기억이 줄어들기도 한다. 기억이 줄어들어 매우 힘들고 지친 삶을 살아야 하는 경우도 있다. 거기서 기억해야 한다. 점점 더 머리를 많이 쓰고 지능을 늘려야 한다.

술의 기능은 언제나 생각을 완화하는 데에 있다. 생각을 바꾸고 싶을 때 서너 잔 먹는 게 술일 때가 있다. 그러나 술을 계속 먹다 보면 중독과 위장장애, 뭐 성인병 같은 것들이 온다. 친구들과 있을 때 먹는 술을 제외하곤 술에 기분 좋게 취하는 것도 아니다. 그냥 일상이 된 채로 먹는 커피나 마찬가지로 술을 생각하면 안 된다.

술을 먹으며 성인병, 당뇨와 비만 고혈압은 정말 큰 문제가 될 수도 있다. 몸 관리를 1년만 안 해도 비만, 당뇨에 한층 가까워진다. 그렇게 놓아버리면 큰 신체적 결손이 생길 수 있는 것이다. 물론 안 그런 사람도 많다. 하지만 그런 것에 걸릴 수 있는 만큼 몸을 놓아버리면 안 된다.

목동은 일어나 술을 한잔한다. 혼자 먹는 술은 거의 없다. 혼자는 양주와 구 모양의 워터볼을 넣어 바깥 구경하면서 먹는 것이다. 양주의 달콤함은 거의 성공한 사람들의 것일 수 있다. 술을 쓰게만 먹는 것은 이제 어린 시절 힘들 때 지난다. 그리고 성공한 만큼 맛있고 기분 좋은 술을 마신다.

술을 먹고 싶을 때는 커피를 한잔 마시는 것이 몸에는 더 좋다. 그렇게 먹어야 정말 좋은 건강을 성취할 수 있다. 커피에 술을 타 먹는 사람도 있다. 그런 칵테일이 있다. 그러나 그건 정말 안 좋은 것 같다.

술을 먹으며 시원한 잔에 술을 한잔 두잔 마신다. 목은 씁쓸한 만큼 기분은 좋아진다. 양주의 효능이다. 스코치, 브리티시부터며 황주 밀주까지 다양한 고급술들이 있다. 어떤 것을 선택하냐에 많이 성격이 달라진다. 목동은 역시 비싼 술을 모은다. 가끔 조금만 따서 한 잔씩 마시는 것이다. 정말 맛있게 먹는다.

"회사가 힘들어도 집에 쌓인 술만 있다면 견딜 수 있는 거야."

쯧쯧하며 구경하더니 안주를 만들고 있던 목동의 엄마가 그냥 구경하다 못하고 말을 한다. 정말 맛없는 술을 어찌 계속 넣어서 지 속만 배려. 건강도 생각해야 할 나이지 않니, 욕을 끌끌 한다. 엄마는 욕만 계속한다. 양주가 몇 병이야. 나이 마흔 될 놈이 결혼은 못 하고 술만 처먹어.

엄마는 아들과 테니스를 치러 다닐 정도로 건강하다. 목동을 대학 보내고 직장인이 되기까지 이끌어준 엄마이다. 이제 효도도 해야 할 차례이다. 효도를 하려고 관광도 가보고 밥도 맛있는 데로 데려가고 해도 이제 중요한 효도는 멋진 아들딸을 주는 것이다.

아들딸들을 안겨주어야 집안이 바뀌고 집안의 큰 정책들이 만들어진다. 아들딸 육아를 같이하며 아들을 어떻게 성장시키고 키우고 인재로 만들지를 계속 해야 한다. 사교육은 정말 어렵기만 한 학문을 숙달하게 만들어 준다. 목동도 어렵다는 수학 과학을 모두 사교육을 통해 익혔다.

결혼할 여자가 없는 목동은 선을 보았다. 선을 통해 괜찮은 아가씨를 몇 번 보았다. 자신의 능력도 매우 인정해 주었다. 그러나 그런 즐거움 속에 연애하던 것이 어떻게 보면 자신보다는 더 능력 있고 괜찮은 남자에게 닿아있는 것 같았다. 그런 선 시장에서 자신의 짝을 만나기란 쉽지 않았다.

목동은 곧 선을 본다. 165cm의 키를 가진 목동은 너무 잘생기지도 않은 외모로 그냥저냥 열심히만 살아온 것이다. 남자를 키와 얼굴로 보는 것은 조금은 틀리다. 능력만 중요시해도 틀리다. 그저 선과 연애라는 것 그 중간에서 만나야 한다. 그게 연애며 선이다.

그렇게 선을 보다가 쉽게 연애 같은 것 몇 번 하고 결혼하였다.

연애의 본질은 어디에 있을까. 선의 본질은 무엇일까. 다시 한번 생각해보며 사랑을 찾는다. 목동은 다시 한번 생각하며 차를 탄다. 차는 점점 좋아진다.

"차를 잘 보면 멋있듯 나도 점점 남자다운 모양에 가까워지는군."

차를 타고 간다. 친구들을 만나러 간다.

003

지일의 일생은 정말 다채롭다. 별의별 일을 다 해 지금의 회사까지 정착하기에 정말 열심히 했다. 그렇게 최선을 다하며 게임 같은 것을 만든다. 여전히 어려운 생활 중에도 취업에 드디어 성공했다. 그리고 최선을 다해 만든다. 제일 재밌고 의미도 있음직한 그런 게임을.

지일은 이것저것 열심히 하다가 취업했다. 정말 열심히 산만큼 그것을 인정받았다. 학력도 공부도 부족한 지일이었지만 열심히 쉬지 않다 보니 결국 취업이 된 것이다.

"게임 벤처 회사는 정말 노다지일 수 있다. NFT며 비트코인이며 인터넷 회사가 주류로 자리 잡은 마당에 브랜드는 점점 높아만 가고, 거기서 창의성만 있다면 대단히 많은 돈을 벌 수 있으니."

지일도 열심히 공부한다. 열심히 공부하며 창의력과 모티브, 다이렉션까지 모두 열심히 연구하고 가다듬고 성장했다. 그러며 정말 대단한 능력을 갖추진 않았어도 게임 회사에서는 먹힐만한 실력으로 성장했다. 모름지기 회사로 온 것이다. NFT를 보니 여러 작품과 여러 디자인을 정말로 적절한 매치를 만들어 준다. 그렇게 계속 창의적인 작품은 살아남고 그렇지 못한 작품은 버려지고 홀대받는다. 비트코인의 암호방식이 조금 비슷하게 적용되는 NFT는 이제 예술의 한 주식 같은 것이 되어 버렸다. 문학인들은 환호할 수밖에 없다. 가치가 올라가는 것이 노력에 의해 가능하기 때문이다.

회사에서 회의를 한다.

"게임 애니메이션이 정말로 유망한 거 맞아요. 매니아만이 아니라 다 좋아하게 만들면 그게 대박이잖아. 그걸 해내야 하잖아요, 우리가."

"넥슨이나 NC 같은 공룡기업만 성공시킬 수 있는 게 아니거든. 우리가 한번 최대한 잘 해보자고, 이번 게임에 목숨을 걸어. 전부 다. 1년 만에 만들자고 우리 프로그래머들이 죽어라 해보는 거야 알겠지."

회사 내부는 깔끔하고 예쁜, 직선적인 미를 가진 그런 사무실이다. 사무실도 잘 냈다. 한 건물을 다 사용해 매우 큰 그런 사무실이다. 정말 좋은 사무실이다.

사무실이 정말 좋은 만큼 근무 환경에서 많은 좋은 점이 있다. 일단 좋으면 일이 잘된다. 환경이란 것이 그렇다. 손은 많이 가도 그만큼 좋은 일이 일어날 수 있다. 그런 식으로 좋게 만들어 가는 것이 필요하다.

공부하며 앉아 있던 지일은 디자인을 해서 팀장에게 가져간다. 디자인을 계속한다. 뭐가 아이들과 게이머들의 마음을 사로잡을지, 연구하고 어떤 플레이 방식일지를 연구한다. 그런 것은 정말 잘한다. 아르바이트를 하면서 손님이 없을 때 쥐고 있던 그 스마트폰으로 한 계속되던 게임은 정말로 재밌고 프로의 게임을 보던 그 즐거움이 아직도 생생하다.

비트코인과 인터넷 플랫폼이 제일 중요하다. 그런 사회가 오고 또 디지털 세계며 뭐 새롭고 유망한 게 많다. 거기에 투자할 때는 다 확실히 사업에 대한 그 기술에 대한 판단이 서야 한다. 그래야 투자를 하는 것이다.

친구들과 밥을 먹는다. 친구를 만나러 간다. 지일도 오랜만에 동창들을 만나러 간다. 매우 신난다. 언제나 할 일과 즐거움이 넘친다.

004

 박우리는 기쁘다. 하루하루 새롭게 된 학원강사직은 정말로 보람차다. 그러나 자신의 능력치가 쓰여야 할 의학 분야가 아니라 그냥 중고등학교 수학을 가르치는 것이다. 고등학교 수학은 누워서 떡 먹기인 수준 높은 학교에 다녔다.

 아이들을 하나둘 정말 열심히 봐준다. 봐주며 아이들도 정말 열심히 따라온다. 숙제를 내주고 시험을 보게 하고 수업을 정말 열심히 해주니 아이들도 정말 열심히 공부한다. 수학능력 검정시험 수능은 정말 어렵기만 한 게 아니다. 오히려 기본에 대한 숙련을 묻는다.

 학교 시험을 하루하루 같이 준비하며 100점 맞았다며 좋아하던 처음부터, 점점 못하는 아이들을 혼내며 따라오게 하는 요즘의 학원 분위기는 정말 힘들다. 그러나 자신에 의해 배우는 한 명 한 명의 학생들은 정말 뿌듯하게 한다. 학원 선생님 되기가 어렵지는 않다. 4년제 중 2학년 재직을 했으면 들어올 수 있다. 물론 원장 선생님의 시험을 통과해야 한다.

열심히 서울의 학원을 하며 스타 강사까지는 아니더라도 최선의 삶을 살면 되는 것이다. 어쩌면 최선을 다하는 삶을 살 때 제일 좋을 때가 올 수도 있지 않은가. 정말 열심일 때 제일 행복한 그런 것들이 다 삶에 있을 듯하다.

거의 제일 열심히 산 우리 우리는 학원강사를 하던 중 스스로 더 쉽게 계산하는 술수도 는다. 어려운 계산, 좀 더 빠른 계산, 참신한 계산 등 모든 것들이 점점 는다. 이런 것을 가르쳐야 학생도 좋은 점수를 받는다.

학원은 넓지만은 않다. 방 10개의 중간규모의 학원에서 10명씩 맡아 가르치는 그런 학원이다. 정말 열심히 한다. 언젠가는 모두가 좋은 학교로 취학하는 그날만을 기다린다.

그리고 저녁, 친구를 만나러 간다.

005

음식점의 저녁은 꽉 차서 손님들로 들끓는다. 매우 사람 많은 곳은 갈만하고 오히려 그런 이유로 간다. 그런 음식점으로 예약이 가득 찬다. 줄 서서 기다릴 정도로 잘되는 집이 있고 그냥 아르바이트생만 놀고 있는 그런 음식점이 있다. 정말 맛있는 맛의 음식점은 절로 가고 싶다.

이미 둘이 와있다. 목동과 지일이 떠들면서 어떻게 사냐며 살갑게 이야기하고 있다. 그러더니 우리가 10분 늦게 온다. 자신감이 조금 떨어질 수 있으나 의사가 못된 그 이야기를 하고 싶다. 의사가 되려던 우리는 학원 선생을 한다. 어쩌면 가장 현실적인 일이 일어난 것이다.

학생들을 가르치는 일을 하고 싶었던 작은 꿈으로 자신의 직업이 된 것이다. 열심히 한 학문을 아이들에게 가르친다. 다들 비싼 옷을 입고 온 것은 마찬가지이다. 목동은 제일 아끼는 양복을 입고 찾아왔다.

목동은 양복 속을 뒤지더니 돈을 꺼낸다. 오늘 자기가 내겠다는 거다. 돈이 많으니 술도 많이 먹자고 한다. 목동만큼 비싼 옷을 입은 지일도 한껏 괜찮은 일을 한다는 듯 멋진 옷을 자랑한다. 명품과 준명품은 되는 그런 옷들을 입고 온다. 우리는 기가 좀 죽어도 나름 괜찮은 옷을 입고 자리에 앉는다.

"얼마나 걸렸어, 오기까지. 다 술 먹을 거니까 대중교통으로 왔을 거 아냐."

"강남 우리 집이라 걸어왔어."

목동이 말한다.

"나도 송파야. 그냥 세 정거장이야."

지일이 말한다. 지일은 집이 송파이고, 목동은 강남이다. 직장도 다그 주변에 있다. 우리만 조금 먼 곳에 산다. 셋은 밥을 시킨다. 고기를 굽는다. 고기가 정말 맛있게 보인다. 소를 먹자며 모인 것이다. 소는 부위별로 등심, 안심, 갈비 등 맛있는 곳이 있다. 그냥 소갈비를 먹는다. 아저씨 입맛에는 갈비가 최고이다.

갈비를 구우며 목동은 말한다. 어쩌다 이렇게 오랜만에 만나는 것이냐, 그래도 밥맛은 정말로 좋은 데서 만났다며 다 잘사는 우리가 이렇게 대단해졌다는 것이다.

지일도 하는 일이 좋은지 일 얘기만 계속한다. 일이 어떻게 되고 어떻게 풀리고 어떤 프로젝트를 성공시키고, 그런 일만 끊임없이 얘기한다.

갈빗집은 사람이 북적북적하며 직원들은 바삐 고기를 구워준다. 고기 굽기는 정말 잘하는 사람이 따로 있는 것은 아니다. 직원도 잘 구우나 목동이나 지일이도 잘 굽는다. 누구나 잘 구울 수 있다.

모두 저녁에는 뭐 하냐며 워라밸이니, N잡은 뭐가 좋고. 그런 일들로 이야기를 계속한다. 갈빗집 모두 전세를 낸듯하며 왁자지껄 한데서 이제는 크게 말하며 술을 섞는다. 술을 먹으며 기분 좋게 웃는다.

정말 잘된 것이다. 내기 후 몇 년간 정말 잘돼서 잘하고 있었던 것이다.

006

결혼 얘기를 한다.

"선을 봐야 하나 말아야 하나 모르겠다. 선을 보다 보면 괜찮은 게 걸리지 않을까?"
"결혼이 다지만 선은 다가 아니니, 친분부터 쌓아야 좋은 마누라 얻지."

지일이 말한다. 계속 말한다. 지일은 이미 아내가 있고 잘살고 있다. 열심히 즐겁게 살 수 있었던 것은 아내 덕분이다. 내조만 잘해도 정말 잘 나갈 수 있다.

"아내가 있다는 건 정말 좋은 거야."
"그렇게 좋아."

박우리는 아직 아내가 없다. 아내와 사랑을 모른다.

"너네 스펙이면 선을 통해 가도 되지. 뭐 안 되겠어. 다 좋은데. "

007

"우리 4,000만 원 먼저 벌기 어떻게 됐더라?"

내기는 다 목동이 이겼다. 이번에도 또 내기 이야기를 한다. 왜 하는지는 별로 이유가 없다. 친구끼리 재밌으려면 다른 스포츠를 해야한다. 그러나 스포츠 대신 돈을 많이 벌기로 하는 것이다. 정말 재밌는 일을 같이 안 하고 그들의 능력을 통해 겨루는 것이다.

누가 이겼는지 계속 화자가 된다. 항상 밥이 되는 지일과 우리는 이제 살만하다. 그러니 한 번 더 내기하면 이기지 않을까 생각한다. 한번 더 붙어 보려고 하는 것이다.

"내가 이겼어, 목동의 실력을 봐. 내가 제일 잘했잖아. 그냥 물량으로 두 번 다 내가 이겼지 뭐. 물량 목동이야."
"뭐, 잘하긴 해도."

목동은 이겼다고 으스댄다. 커다란 상품이 걸린 것도 아니다. 그냥이겨서 자랑하려고 하는 것이다.

"이번에 한 판 더?"

목동이 까불댄다. 무조건 이긴다는 뜻이다. 이길 것 같긴 하다.

"4억 어때, 4억."

지일은 성과급이 5억이라 4억을 말한다. 그렇게 되면 이긴다. 성과급을 얼마 받느냐의 싸움이다. 다 직장과 연봉이 있다.

"오케이, 해 봐."
"나도."
"상품은?"
"수제 가방 하나 사주자. 여자친구 거 명품으로."
"그래, 내가 꼭 죽어도 하고 만다. 너 월급은 얼만데."

동주가 묻고 지일이 답한다. 성과급은 비밀이다. 성과급으로 한 번에 5억을 벌 생각이다. 그러니 아직 비밀은 말하지 않고 대답한다.

"나 500은 받지. 그래도 3년이면 안 모으려나."
"나도 1,000은 넘는데 너를 못 이기겠냐. 나도 3년 걸릴 것 같아."
"우리 넌?"

"나는 거의 못 벌어. 질 것 같아."

"그래도 해."

얼마나 돈을 모을 수 있을지가 포인트이다. 억 단위는 한 번에 안 된다. 계속 재테크와 투자와 자산관리가 필요한 것이다. 장시간 걸리는 내기이다. 모두 돈은 아끼면서 최선의 일을 하며 투자와 재테크가 필요하다. 그런 경기이다.

모두 술을 그만 마시고 집으로 돌아간다. 또다시 격전이 일어나려고 한다. 누가 이길지 목동의 가벼운 승리일지 아니면 우리의 반전일지, 성과급을 받을 수 있는 지일의 승리일지. 새로운 내기가 생겼다.

어떻게 보면 서로의 직업을 가지고 오랜 기간 모아야 벌 수 있는 돈이다. 그런 돈을 내기로 모아보자는 것이다. 재밌는 내기이며 누가 이길지 기대된다.

008

목동은 일어나서 면도를 한다. 면도용 크림을 잔뜩 바르더니 쓱쓱 면도한다. 면도를 잘하기 위해 엄청나게 애를 쓴다. 면도를 잘하는 것도 어렵다. 어려운 면도를 하기 위해 열심히 하나 그렇게 잘되지는 않는다. 시간을 아끼는 것도 중요하다. 30분이면 다 씻어야 한다. 남자들은 그것보다 많이 걸리면 안 된다.

면도 후 젤을 바른다. 로션과 스킨을 바르고 쉐이빙 애프터를 바른 후 화장실 밖으로 나간다. 머리를 가볍게 말리고 옷을 찾는다. 옷은 정말 많다. 양복 중 괜찮은 것 보통은 되는 것이 제일 좋다. 부담 없고 괜찮고 그런 옷을 입어야 한다. 옷을 입는 것이 정말 좋은 것이다. 직장인은 양복 입는 것이 평범한 날들이다. 체크무늬 양복을 사둔다. 그런 것들은 기분 좋을 때 입으나 너무 나대면 소용이 없다. 괜찮고 평범하고 좋은 양복이 가장 좋다.

양복을 입고 넥타이를 매더니 슬슬 밖으로 나가서 회사로 간다. 회사로 가는 길은 올림픽대로이다. 올림픽대로로 서울 동대문구의 회사로 간다. 그런 것은 거의 황금길에 버금간다. 제일 좋은 도로이다. 그런 것이 어릴 때부터 꿈으로 돼 있으면 더 열심히 할 수도 있다.

정말 좋은 길로 휘파람을 불며 라디오를 튼다. 아침 라디오가 나온다. 정말 유익한 내용의 라디오이다. 그런 라디오를 들으며 하루를 시작한다. 건강방송이 많다. 그런 것들도 들으면 유익하고 좋다. 유익하게 라디오를 들으며 하루를 시작하는 것이다.

어떤 일을 할지 생각하는 것이 지옥일 수 있다. 지옥 같은 일을 시작하기 전, 제일 편히 가는 것이 운전하면서 가는 올림픽대로이고, 서울 중심가로 들어오면 정말로 좋아진다. 현대 서울이 펼쳐진다. 건물 하나하나 다 예술이다. SK 빌딩 그 주변 어딘가이다.

일터로 온다. 다 인사를 한다. 자기도 인사를 한다. 자기는 이사이다. 부장들이 기다린다. 결재를 받아야 한다면서 말이다. 부장들과 인사하더니 농담을 주고받는다. 두 부장들은 빨리 이해시킨다. 그러니 목동이 알겠다는 것이다. 다 필요해서 다 패스를 해준다.

그리고 잠시 후 일을 시작한다. 일을 하면서 사람들이 주고받는 일들을 지시한다. 일을 지시하고 계속 일을 한다. 사무 일은 힘들다. 머리도 능숙해야 한다.

일과를 보며 하루하루 살 듯 똑같은 일을 기계보다 잘 해낸다. 일을 정말 잘해야 한다. 그래야 안 잘린다. 그렇게 하루하루 살다 보면 어느덧 부장, 그리고 이사, 그리고 상무 마지막으로 사장까지 갈 수 있는 것이다. 목동은 이사가 목표였다. 사장은 너무 멀다. 정말 대단한 것이다.

사장과 미팅이 있다. 사장에게로 간다.

"요새 실적이 영, 경기가 인플레 오면 우리 끝인 거 알겠지?"
"인플레 책도 다 읽어봤거든요. 이 정도 인플레는 버틸 수 있겠다 싶더라고요."
"오케이, 네가 물가 잘 맞춰 봐. 보고서 올려."
"넵."

그렇게 짧게 대화한 후 자리로 와서 앉는다. 이사실이 있다. 그러나 혼자 쓰지는 않는다. 사장실처럼 그렇게 넓지가 않다.

5시가 되자 끝이 났다. 일의 끝이고 이제 일상을 살아야 한다. 일상을 어떻게 살아야 하는지가 매우 중요하다. 일이 더 중요하다. 일상은 쉬기만 하는 게 기본이다. 어떻게 쉴 것인가.

집으로 돌아가는 길 맥주 5캔을 사서 집으로 돌아간다. 맥줏값이 올라서 5병에 15,500원이다. 거기에 안주 대충 몇 개 골라서 간다. 맥주를 들고 집에 들어간다. 집에서 술을 마시려다가 밖으로 나가자고 한다. 아내가 말이다. 겨우 얻은 아내는 밖으로 가서 술 좀 마시고 오자고 한다.

밖으로 나가서 술을 마신다. 음식점에 앉아 술을 마시고 산다. 정말 맛있다. 이야기를 꺼낸다. 일은 힘들고 지쳐도 똑바르게 하고 있다고 말한다. 그리고 그렇게 정말 열심히 하니 좋은 것도 온다고 말한다. 아내는 더 똑바로 해야 한다고 말한다. 이 정도면 다 가진 것 아니냐는 생각이 든다.

"뭐, 내가 이 정도면 성공 아니겠어?"

아내가 말한다.

"부장 넘었으니 성공이다. 흔히 말하는 임원직이니."

아내는 기를 북돋아 준다.

"됐어. 이렇게 유지만 해야지. 일 붙는 대로 최선을 다하면서."

목동의 하루는 이렇게 좋게 간다. 이렇게 계속 가는 것이다. 그것이 성공일 수 있다. 성공을 말해 무엇하겠냐만 정말 회장이 되고 총리가 되는 그런 것만 성공이 아니다. 언제나 성공하는 사람들이 있다. 그런 소식과 전화는 들려온다. 그런 성공만이 성공은 아니다. 그저 같이 있고 사랑하며 일하면 그것을 성공으로 본다. 동주는 그런 성공을 잡은 것이다. 이사에 결혼까지 한 동주는 성공한 삶이다.

계속되는 남들의 성공을 부러워하지 말고 자신의 성공을 이룩해야 한다. 사랑과 일 모두 성공해야 한다. 그게 다이다.

전쟁 같은 일을 마치고 집으로 돌아와 아내와 함께하면 정말로 성공한 것이다. 그렇게 살면 되는 것이다. 아들 둘 낳고 살면 성공이 아닌가.

목동은 돈을 벌어야 한다. 4억을 먼저 벌어 친구들을 이기는 게 자랑거리가 될 것이다. 이미 400만 원, 4,000만 원 둘 다 이긴 것이 목동이다. 4억짜리도 이길 것이다.

이번 성과급에서 억대 성과급이 나오면 그걸로 이기는 그런 전략이다. 신용도에 대해서도 중요하다. 돈은 아예 사람들에게 안 빌려준다. 신용도가 쌓이면 그것이 돈이다. 돈과 신용은 같다. 그런 신용의 가짐

이 많은 돈을 관리할 수 있는 능력이 되는 것이다.

신용이 확고한 목동은 1억 담보로 몇천만 원을 빌릴 수 있다. 그 돈을 다시 투자해 불리는 것이다. 그렇게 돈을 벌 수 있다.

009

"선생님, 이건 계산이 안 돼요."

중학생들을 가르치는 보습학원 선생님인 박우리는 매일 바쁘다. 초등학생도 오는 그 학원은 아이들을 중학교 내신을 가르치랴, 또 고등학교 정석을 조금이라도 빼주랴 그런 힘든 일을 한다. 아이들은 하나하나 배우며 잘 익힌다. 아이들을 익혀주어야 한다. 그게 의무이다. 가르치는 건 너무 쉽다.

보습학원임이 아이들을 연습시키고 똑바로 계산할 수 있게 해주는 것이 중요하다. 그런 일들을 하나하나 해주면서 열심히 익히고 배우고 또 발전할 수 있게 해야 한다. 아이들은 정말 열심히 한다. 그런 것을 보며 더 가르쳐야 하겠다고 마음 굳힌다.

열심히 가르쳐 주니 아이들은 정말 열심히 배운다. 자신이 공부 1등만 했던 중학교 시절을 생각하며 아이들을 일취월장 시켜준다. 정말 열심히 서로 배우며 나아간다.

30명 정도 가르치는데 그럼 월급으로 900만 원은 나와야 한다. 그걸 원장이 계산하고 자기한텐 3~400만 원 정도 떨어진다. 그런 것이면 충분히 잘 살 수 있다. 100만 나와도 살 수 있다. 열심히 하려고 한 공립학교 선생님 자리를 먼저 노린 것이 사실이다. 그러나 학원에서 한 명 한 명 키우며 보람차며 이것도 좋다는 인식이 생겼다.

열심히 하는 그런 것들이 점점 플러스가 되고 점점 나아간다. 정말 잘 가르친다. 머리 하나는 제일 뛰어난 박우리이기 때문이다. 학생 인양은 하루하루 일어나서 선생님한테 배우러 온다. 바로 내신을 반에서 1등 한다면서 박우리에게 매일 배우고 있다. 정말 잘 가르치는 것을 아는지 모르는지 정말 궁금하다.

배우더니 실력이 쑥쑥 오르고 있다. 자신이 왜 잘하는지도 모른 채 계속 배우며 잘하고 있다. 외고니 특목고니 없어졌어도, 다시 다 살아날 것이다. 정권에 달려있다.

더 열심히 가르쳐 좋은 학교에 보내는 것이 목표이다. 유일한 목표는 아니다. 잘 성장케 하는 것이다.

모두 더 열심히 하며 살고 있다.

게임 비즈니스가 뜬다. 엄청난 양의 게임이 나오고 매우 열심히 게임 하는 유저들이 많다. 게임은 수도 없이 많고 NFT, 코인, 캐시 등 돈이 되는 부분이 대단히 많다. 한마디로 최고의 고부가 가치가 나올 수 있는 잭팟이 터진다고 봐야 한다.

잭팟이 터지기 위해 매우 열심히 해야 한다. 전부 다 열심히 일을 하는 것이다. 정말 힘든 일이 많다. 게임을 만들고 그래픽과 뭐 이것저것 모든 생태계를 만들어 놓아야 한다. 정말 잘 될 수 있는 이 로또 같은 게임시장을 공략하는 것이다.

지일은 어디 가면 가는 길에 게임을 했다. 별 게임을 다한 지일은 정말 잘 할 수 있는 게 게임이라고 생각해서, PC방에서 게임만 하다 게임 회사에 들어가게 된 것이다.

게임을 결국 자신의 일까지 끌고 간 지일은 대단하게 보는 아내이다.

"게임으로 결국 먹고 사네. 밥 먹여 주냐는 소릴 얼마나 들었는지."

아내는 지일의 기를 살려준다. 아내가 정말 잘해주어 잘 된 거다.
연애할 때부터 그랬다.

011

지일을 반겨주며 여기로 와보라고 한다.

"이 그래픽 조금만 더 현실성 있게 바꿔 봐."
"좀 구린데, 이거 아이들도 안 해요."
"우리가 하라면 해 봐. 어, 우리 인기 게임 만든 거 나거든, 더 잘 마무리해 봐."
"넵."

지일은 열심히 디자인을 해본다. 그려보고 응용해보고 애플리케이션으로 디자인을 만들어 본다. 조금 그리더니 이 정도면 되겠다고 한다.

"이 정도면 되죠?"
"팀에 최종 보낼 때까지 더 가다듬어서 보내줘."

팀장은 일을 시키고 자리로 가라고 한다. 일을 전부 다 열심히 하고 있다. 정말로 열심히 하는 회사 분위기이다. 놀면서 하면 나가라고 한다. 그냥 다 죽어라 붙어서 열심히 한다.

NC같은 높은 회사가 되려고 경쟁하는 정도의 회사이다. 더 대박을 몇 개 내서 최고 일류 회사로 거듭나야 한다. 정말 잘되면 돈을 뿌린다. 성과급을 뿌린다. 회의도 정말 잘해야 한다.

012

우림은 아프다. 가슴이 아프다. 말로 아프다는 표현이 아니다. 그냥 진짜 속이 수술해야 할 만큼 아프다. 아마 몸이 약한 탓에 어려웠던 과거 탓에 아픈 듯하다. 가끔 피를 토한다. 피를 토할 때도 있다. 과음이면 위가 나간다. 그래서 그 정도로 생각한 듯하다.

그러나 염증 이상의 거대한 질병이 생긴 것이다. 고지혈증과 비슷한 것에 걸리었다. 그 병으로 인해 2년 이상은 못산다고 그런다. 그러나 자기의 의학으로는 20년도 살 수 있다고 본다.

고지혈증은 정말 치명적인 병은 아니다. 한 방에 갈 수도 있지만 치료를 잘해서 오래 살아야 한다.

날씬한 체구의 우리에게는 너무 어이가 없는 병이다.

013

목동은 보너스를 2,000만 원 받고 신나서 우리와 지일에게 전화한다. 우리는 아프다. 그런 아픈 우리의 건강도 모른 채 자랑을 신나게 한다. 정말 어이가 없을 정도로 자랑을 한다. 전화로 하루 종일 자랑한다. 자기의 승리로 결판 난 것이나 다름없다고 한다. 그러나 아직 멀었다.

목동은 비싼 값을 주고 산 옷들을 가지고 걸어 놓는다. 남자의 방도 멋있어야 신사이다. 신사답게 방을 꾸민다. 백화점같이 만들어야 성에 풀린다.

하루 종일 방 정리를 하더니 어느 정도 완성된다. 보기 아름답다는 표현까지 나올 정도이다. 정말 잘 꾸민다. 그렇게 좋은 방을 만든 것이다. 정말 재밌고 해볼 만하다. 돈은 그 정도 투자해도 된다. 아예 전면 리모델링보다 몇 개 사서 꾸미는 게 낫다.

방은 너무나도 멋진 하늘색과 꽃무늬로 치장되어 있고 오래된 가구들로 채워진 그런 고풍스러운 방이 아니다. 그런 럭셔리 물품들로 채워진 방보다는 남자답고 깨끗한 그런 방이 신사답고 더 좋다.

하루 종일 공사를 한다. 이것저것 바꾸면서 공사를 하다가 하루가 다 간다. 아내도 돕다가 이길 다 바꾸자고 라면서 화를 낸다. 아내는 바쁘게 일을 해준다. 주말 하루를 이렇게 보낸다. 신세계를 꾸민 것이다.

주말 저녁 외식을 한다. 시내에 가서 밥을 먹는다. 차를 끌고 좋은 레스토랑에서 밥을 먹다가 정말 맛있는 고기를 먹는다. 스테이크도 종류가 많다. 스테이크를 골라 먹는다. 맛이 좋다.

맛있게 먹다가 저녁을 보내며 그렇게 하루를 산다. 정말 좋다. 그렇게 하루 이틀 삼일 일주가 흐른다. 월급날인 매월 초는 신이 난다. 더 빨리 들어왔나 인터넷으로 계좌를 확인한다. 계좌에 돈이 없는 것을 보고 아쉬워한다. 다시 돈을 확인한다. 돈을 기다리는 맛이다. 10만 원짜리 2~3개 사야지 하면서 기다리는 것이다. 물론 명품 혹은 준명품의 옷이다.

월급날이다. 아침에 일어난 후 계좌를 킨다. 한 달 월급으로 1,000이 들어왔다. 보너스도 들어가 있는 월급이다. 그 월급을 갖고 좀만 굴리면 돈이 금방 모일 듯하다. 일 년이면 2억을 만들 수 있다는 계산을 한다. 그리고 친구들한테 자랑한다.

014

밥을 먹으러 박우리는 학원 앞 음식점에 간다. 맛있는 분식을 하나 둘 시켜서 먹는다. 아이들도 먹고 있다. 우리는 맛있는 것을 알았다. 그냥 싸게 가난하게 산다. 맛있게 먹는 이 음식들이 정말로 먹을 만하다.

그렇게 앉아서 분식을 먹고 있는데 학원 제자들이 온다. 선생님이 뭐 먹고 있는지 본다.

"뭐 드세요?"
"어. 5,000원어치 시켜줄까?"
"네, 시켜주세요."

아이들과 같이 분식을 먹는다. 정말 잘 먹는다. 같이 먹으며 여러 가지 이야기를 나눈다. 정말 잘 대해준다.

아이들도 공부가 힘들다. 그래도 계속 하는 수밖에 없다. 인생이 다 공부이기 때문이다. 인생이란 긴 공부라는 말도 있지만 더 중요한 말은, 인생 내내 해나가야 하는 것이 일과 공부이기 때문이다. 어려서부터 공부를 끝날 때까지 하는 것이 목표가 되게 가르쳐야 한다. 박우리도 알고 있다. 박우리는 어려서부터 지금까지 계속 배우고 공부해왔다. 언젠간 보상받아야 할 이것들이 우리의 중요한 일과 공부가 우리의 힘으로 밀고 나아가야 한다. 언젠간 보상을 해주어야 한다.

밥을 사주며 이런저런 이야기를 하며 식사를 마친다. 학원으로 가니 학생들이 수업을 기다리고 있다. 다 같이 교실로 들어가서 수업을 한다.

수업은 정말 재밌고 핵심적인 내용일 뿐 아니라, 뼈대 와 살을 둘 다 잡아주는 중요한 내용이다. 중학교 내용이기는 하나 정말 중요한 것은 머리에 박아줘야 한다. 머리에서 없어지지 않게 이해와 암기를 시켜 주어야 한다. 까먹으면 중학교 과정을 다 다시 배워야 하기 때문에 골치 아프다.

모두 잘 배운다. 수업의 습득을 시켜주면 연습까지 시켜야 한다. 연습은 숙제와 재시험이다. 시험을 어렵게 해 계속 재시험을 보게 해야 한다. 재시험을 통해 억지로 배운 것은 안 까먹는다.

저녁 10시. 아이들이 한 명 두 명 시험을 합격하고 간다. 우리도 두

세 명 남아있는 아이들을 가르친다. 가르치니 빠르게 익혀 청출어람은 아니어도 푸르게 피어난다.

그리고 늦은 저녁 우리는 집으로 돌아온다. 좋진 않은 승용차를 타고 집으로 온다. 집은 꽤 좋은 집이다. 박우리는 정말 집도 부자고 열심히 살았다. 집이 부자였으나 많이 돈도 없고 하는 일도 학원 선생님 일이다.

"아, 오늘도 힘드네."

월급 통장을 확인한다. 500만 원이 입금되어 있다. 그 돈을 다 빚을 갚기 위해 쓴다. 생활비도 만만치 않다. 그러나 부자가 될 수 있다. 500부터 점점 오를 테니 부자가 될 수 있다. 잘 모으면 된다.

다시 집안을 일으키고 열심히 살아갈 일터를 유지하는 것이 박우리의 목표이다. 그것을 꼭 해내어야 한다. 우리는 그렇게 살려는 것이다.

015

지일의 회사에서 지일을 부른다. 지일에게 어려운 사업을 맡긴다. 어려운 게임 대본을 모두 다 써오라는 것이다. 써야 할 대본은 매우 많다. 몇 개의 일을 하루 종일 해도 2주는 걸릴듯한 일이다. 그것을 전부 다 해야 한다.

정말 일이 어렵다. 대본을 쓰면서 하루 종일 앉아서 그림과 맞추어 보아야 한다. 요즘 나오는 블루투스 기능으로 컴퓨터 2대를 켜놓고 하루 종일 작업해야 한다.

머리가 없는 건 아니다. 그러나 공부를 죽도록 열심히 끔찍이 한 적이 거의 없는 지일은 정말 열심히 해보려고 하나 머리가 아파서 죽는다. 머리가 아프다면서 못 하겠다며 부장에게 말한다.

"이거 너무 많은 거 아니에요?"

부장이 말한다.

"승진 안 시켜, 못하면. 일주일 안에 해."

정신이 쓰러진다. 무너진다. 일주일 안에 하라니요 라며 묻는다. 부장은 화를 낸다. 빨리하라며 화를 내고 어떻게든 해내라는 것이다. 그런 업무를 받고 열심히 해본다. 2시간만 되니 머리가 아프고 잘되는지 안되는지도 모르겠다.

정말 좋은 일들이 있었던 어릴 때 소년이 점점 자라 일을 찾고 결혼을 하고 그런 일들이 하루 종일 점차 조금씩 익숙해져 가는 나이인 듯하다. 나이는 점점 늘고 건강은 점점 나빠지고 하는 것들이 점차 익숙해지고 보수적이 된다.

어려운 일들을 하나씩 헤쳐 나가다 보면 오는 것들은 청년 이후 삶이 아닌가 싶다. 어려웠던 일들을 돌이켜 보며 자신들의 시절을 추억하며, 때론 아프지만, 힘들게 잘 버틴 날들 이후는 정말 좋을 것이라는 희망을 가진다. 그 후 결혼하고 아이를 키우며 살다 보면 그것은 정답에 가깝게 느껴질 것 같다.

정답에 가까운 것은 점점 없어질 때가 많으나 하루하루 살며 어려운 일들의 순간적인 닥침이 정말 무섭게 느껴진다. 어려운 일들과 쉬운 일들의 반복과 허무함과 긴장들은 우리의 삶을 억누른다.

억누른 채로 살다가 하나씩 찾는 기쁨, 나아감 그리고 성장은 우리가 가져야 할 기본적인 가치들이며 진정 잡아야 할 성취과제들임이 분명하다.

살아간다는 것은 애초에 그런 것이 아닌가 싶은 마음이다.

지일은 일어난 채로 하루 종일 무엇을 어떻게 쓸까 생각한다. 지일의 기질상 어려운 생각은 못 한다. 어려운 생각을 못 하나 하루 종일 생각하고 고민하고 그렇게 쓰고 닦고를 연습하다가 보면 언젠가 새로운 생각이 열릴지도 모른다.

게임에는 스토리가 있어야 한다. 스토리를 잘 따라가며 거기에 맞게 다음 스토리를 쓰는 것 그게 할 일이다. 그런 지일의 게이머다움이 쓰일지, 아니면 머리가 아예 안 돌아가 시나리오를 못 할지 모른다.

알 수 없는 마음가짐과 거기서 오는 직장인의 스트레스는 정말 힘이 들고 끝이 없다. 그러나 하나하나 해내려는 마음가짐과 거기서 오는 성취감은 우리를 더 좋은 사람과 행복한 일상을 만들어 주게 한다. 정말 좋은 것은 성공과 다른 자기 성숙에 있다.

밝은 가로등 불 아래 서서히 걸어간다. 걸어가다가 택시를 잡는다.

택시는 강남의 사무실에서 송파의 집까지 만 원 정도 받는다. 10km 면 만 원, 20km 면 이만 원이 드는 게 요즘 택시비이다. 인플레이션은 지옥같이 물가를 바꾸어 놓았다. 하룻밤 새 뭐가 더 비싸졌는지 모른다.

016

차를 끌고 여느 때처럼 밖으로 나와 이동하다가 휘파람을 분다. 휘파람을 아주 잘 분다. 정말 좋아하는 것이 차를 타고 기분 좋게 운전하는 것이다. 기분 좋게 이동하면서 바람들을 뚫고 다 나아간다. 전부 다 바람을 맞는 람보르기니나 포르쉐처럼 창틀 하나만 있는 그런 것들은 아니다.

목동이 휘파람을 불며 차를 끌고 갈 때, 최악의 사건이 생겼다. 갑자기 차를 들이박는다. 들이박으니 차가 쿵 소리가 난다. 머리를 부딪힌다. 목이 아프다.

정말 최악의 사건이 벌어진 것으로, 제네시스를 날린 것이다. 고장 나면 얼마나 화나는지 모른다. 차가 고장 나면 열이 받아 쓰러진다. 그런데 제네시스는 새 차이니, 거기에 남의 차도 다 부서졌다. 정말 머리가 목에서부터 오는 욕으로 가득 차버린다.

아이 팍, 미치겠네. 하면서 핸들을 퍽퍽 치더니 나온다.

아저씨 운전이 이게 뭐야. 하면서 앞의 차에서 아저씨가 내린다. 미안한 마음도 있고 화나는 마음도 있다.

바로 보험을 부른다. 보험 아저씨가 온다. 보험 아저씨는 사건 해결의 전문가이다. 모두 다 구원해준다. 보험 아저씨가 보더니 이건 돈을 좀 들여야 한다고 한다. 얼마나 들여야 하는지 묻는다.

"1,000만 원은 들겠는데요."
"뭐라고요? 1,000만 원?"

동주는 다시 어머니한테 전화한다. 엄마가 화를 낸다. 그다음은 아내에게 전화한다. 아내도 화를 낸다. 정말 열심히 일을 하다 들은 천만 원에 정신이 나가려고 한다.

법원에 소장을 넣을 거냐는 물음에 그냥 변호사비용이 더 나온다며 그대로 한다고 한다. 월급은 2,000만 원이다. 월급의 반을 물어줘야 한다. 그때 오토바이를 타고 지나가던 지일이 목동을 보고 인사한다.

"뭐해? 이거 부서진 거야, 뭐? 천만 원?"
"이리로 좀 와 봐. 이거 어떻게 해야 되는지를 모르겠어! 아주 죽을 것 같아."

"보험 아저씨, 사기 치지 말고 보험 적용해주세요."

보험 아저씨는 당황하고 말을 더 못한다.

"봐, 보험을 꼬박꼬박 넣었는데 100퍼센트는 아니더라도 80퍼센트
는 배상받아야지."
"계산을 해보아야 합니다. 저희가 보상의 범위가 있습니다."

차는 보험에서 가져가고 목동과 지일은 같이 오토바이를 타고 밥이
나 먹으러 간다. 술은 마시면 안 된다. 목동은 술값부터 아끼자며 술
을 끊는다.

"캬아, 술 한잔 먹자. 와 맛있다."
"너는 뭐 먹을래?"
"좋은 물 한 병 먹고 말자."

같이 술을 마시다가 목동은 그때 싸움을 얘기한다. 싸움은 옛날 젊
었을 시절 내기할 때 서로 싸우다가 말고 화해한 사건이다. 목동은
술에 취했는지 욕을 해댄다. 지일은 서로 미안해하자며 서로의 감정
을 삭인다.

감정과 감정의 대결에서는 누가 이길지, 더 급하고, 강하고, 좋은 그런 감정이 있다. 누가 이길지는 모른다. 둘의 대결이 펼쳐진다.

"야, 너 얼마 버는데 그래?"
"1억 모아났다."

목동은 자신 있게 1억을 모아 놓았다고 한다. 지일도 지지 않고 말한다.

"난 3억 보너스 나와. 이번 일만 성공시키면."
"어쭈, 아직 안 된 거 말한 거네."

둘의 말싸움은 그렇게 시작됐다. 말싸움이 계속되며 서로를 삿대질하며 크게 싸운다. 누가 더 돈을 많이 번다는 유치한 싸움을 둘이서 하고 있다. 고등학교 때부터 알았던 두 친구는 사소한 것에도 자존심싸움을 한다.

자존심 싸움을 하다가 결국 싸우는 것이다. 둘의 싸움은 이전번 아르바이트를 통한 돈 먼저 벌기 내기에서도 크게 번졌다. 그런 싸움이 한 번 더 터진 것이다.

"야 니가 잘난 거, 공부 막 해서 자리 오른 거 다 따라잡았어. 내 게 임 하던 게 너를 이기더라."

"뭐, 게임? 난 한 판도 지금까지 안 했는데. 그게 같아지냐?"

항상 이런 싸움이다. 그런 싸움이 계속된다. 서로 너무 친하고 잘 아는 바람에 싸우는 것이다.

박우리가 아까 받은 전화를 듣고 음식점으로 찾아온다. 음식점에 서 사람들이 웅성거리며 조금씩 욕을 한다. 시끄럽게 싸운다는 얘기 이다. 시끄럽다고 욕을 엄청 듣는다. 욕을 들으면서도 계속 화를 내는 두 친구들이다. 싸움을 말려야 한다. 누구 하나 선뜻 나서지는 않는 다. 다른 사람들이 화를 내고 욕을 해도 둘은 계속 고성을 지른다.

박우리가 둘이 싸우는 것을 알고 달려온다. 달려오더니, 둘을 붙잡 고 말린다. 양복을 입고 온 우리는 다른 사람에게 미안하다고 하더니 둘에게 물을 마시게 한다. 물을 마시게 하면서 술도 깨우고 말도 작게 작게 하라고 속삭인다.

박우리는 목동을 데리고 집으로 간다. 택시를 타고 목동을 강남 집 에 데려다주는 것이다. 목동은 집이 어딘지 말도 못 할 만큼 화나고 취했다.

017

박우리는 기분이 쓸쓸하다. 그냥 아이들을 보고 있다. 아이들이 하나하나 늘 때마다 기분이 좀 웃겼다. 처음에는 크는 게 웃겼다. 점점 성적이 오르는 아이들이 신기한 적도 있었다. 자기를 보는 것 같았다.

그러다 하루하루가 쌓이고 1년 2년 3년이 흘러가며 아이들에게 똑같은 것을 가르칠 때마다 아이들이 잘했던 아이만큼 못 따라오는 것에 매우 화가 나고 또 그 공부 잘하는 아이 수준까지 올려야 하니 매우 열심히 하고 힘이 드는 일이었다. 잘 이해했나, 질문을 해도 대답하는 아이는 몇 명 없다. 그렇게 열심히 하루 일 년 키우며 잘 살아간다.

정말 많이 크는 아이가 처음에는 신기하고 웃겼으나, 자신보다 잘되는 것을 몇 번 보니 이젠 더 열심히 하고 가르치는 것이 그냥 똑같은 로직처럼 느껴졌다. 하나의 상품으로 보였다는 뜻이다.

그리고 오늘 있을 소송전을 가봐야 한다. 아이들이 묻는다.

"걔들은 왜 싸운 거예요. 우리보다 유치하게 싸워요."

박우리는 둘의 소송전을 보고 있다. 소송전이 펼쳐진다. 서로에게 교통사고에 대해 그리고 술집에서의 싸움에 대한 소송을 봐야 한다. 소송을 보면서 그들은 서로에게 욕을 하면서 큰 소리로 화를 낸다.

"야, 이놈아."

지일은 뭘 잘못했는지 모른다. 둘의 기나긴 싸움은 계속된다.

"왜, 내가 뭘 잘못했나."

018

집으로 돌아온 목동은 누워서 생각 좀 한다며 침대에 쓰러져 핸드폰만 만지작만지작한다. 정말 화나는 건 차가 고장 난 것이 아니다. 그 말싸움에 기분이 상하고 소송까지 한 지일의 말들이다.

누워서 생각하더니 아내가 밥을 준다. 밥을 같이 먹는다. 밥을 먹다 보니 아내가 농담을 건넨다. 차차차 그러더니 하하화라며 웃는다. 화는 다 차에서 난다고 말해 준다. 운전사들은 말이다.

같이 사는 목동의 엄마는 인터넷으로 더 싼 곳을 찾는다. 더 싼 곳을 찾아 더 싸게 차를 고치려고 한다. 차를 고치려는 것은 얼마나 싼 곳을 찾는가다.

"값을 보니깐 말이다. 목동아. 500만 원에 된다더라."
"아오, 500만 원이 개 이름이야? 그렇게 부르기 쉬워?"

둘은 차를 고치러 간다. 새 차를 사도 될 만한 가격이다. 긁은 차는 외제 차이다. 외제 차는 비싸다. 비싼 이유는 희귀하고 기능도 좋지만 부품값 자체가 비싸다. 그래서 긁으면 몇 배가 터지는 것이다. 비싼 수리 비용이 가장 큰 외제 차의 문제점이다.

수리장이 온다. 이거 다 3일 안에 할 테니까 그리고 세차까지 해 줄 테니 걱정 말아요. 우리가 다 할 테니 새로운 차보다 좋게 될 겁니다. 잘 오셨습니다.

"네, 감사합니다. 와 화나네, 내 제네시스."
"다 화내요. 비싼 차 터지면. 새 차처럼 해 줄 테니 걱정 말아요."

한편 지일은 기분을 풀기 위해 오토바이를 타고 한강을 따라 쭈욱 간다. 정말 좋은 하루이다. 너무 좋다. 기분이 조금은 풀린다.

하루를 기분 좋은 길을 쭈욱 타고 달린다. 오토바이는 더 좋은 기분을 선사한다. 그런 기분을 갖고 계속 길을 따라가는 것이다. 오토바이 점퍼를 입고 멋진 헬멧을 쓰고 빠르게 운전을 한다.

오토바이를 고등학교 때부터 탔던 지일은 정말 오토바이를 많이 탔다.

가다가 닭갈비 집에서 닭을 먹는다. 나무들이 천장을 덮고 철사로 엮어놓은 배경에서 같이 사람들을 앉혀놓고 밥과 술이 계속 오는 아름다운 목장 같은 음식점이다. 닭은 고추장 양념에 채소와 함께 먹는 춘천닭갈비 식이다. 고기를 구워먹으며 하루 이틀의 기나긴 여정 같았던 소송전과 비싼 보험료. 그런 것들을 머리의 안 보는 곳에 집어넣는다. 그리고 슬픈 이야기들이 머리를 뒤덮기 전에 아줌마를 불러 술을 더 시킨다. 술은 한 잔밖에 못한다. 오토바이의 운전이 필요하다. 그렇기에 한 잔만 마시고 다시 출발하려고 한다.

포도 같은 꽃들의 향기가 아름답다. 그런 음식점에서 술 한잔 하며 고기를 씹어 삼킨다. 언제나 좋았던 한강의 끝부분의 음식점에서 그냥 맛있는 밥을 먹는다. 하루의 오후는 이 정도면 된 것이다.

그 후 술을 한잔한 채로 천천히 달려온다. 자전거들은 너무 느리다. 30km를 못 넘는다. 오토바이는 130km까지도 탄다. 빠른 속도로 온다.

집에 와서 다시 일 생각이다. 생각만 해도 조금 나아진다. 일이 이야기 만들기이기 때문이다.

019

박우리가 조정을 신청했다. 법원에 조정자로 나서서 그 둘을 화해시
켜 보겠다는 것이다. 그걸로 소송을 없애면 안 되겠냐는 것이다. 조정
을 통해 서로 돈을 주고받고 화해와 보상을 하는 것이다.

박우리가 한 명 두 명 다 설득한다. 조정은 판사나 검사가 없이도
된다. 조정을 통해 된 상황을 판사에게 제출하면 그걸로 끝이다.

둘은 만난다. 둘의 적대적 만남이다.

"야, 왔냐?"

지일이 말한다. 그러자 목동도 말한다.

"어이, 밥은 잘 먹냐."

박우리가 말한다. 조금만 더 이야기를 나누어 보라는 것이다. 박우
리는 서로의 친했던 과거를 믿는다. 둘은 금방 말을 주고받는다. 그러

다 돈 얘기가 시작된다. 제일 어려운 이야기이다.

"1,000만 원이 아니라 변호사비는 서로가 묻고, 그냥 우리끼리는 돈 받지 말자."
"그래."

둘은 그렇게 화해한다. 박우리가 잘했다고 박수를 쳐준다. 정말 잘 된 것이다. 서로에 대한 피해보상은 없는 것으로 결론이 난 것이다. 박우리가 서류를 주고 거기에 사인을 하고 법원에 제출해준다. 그리고 그들과 2주 뒤에 술을 한번 먹기로 하고 조정이 끝났다.

박우리가 다시 화해시킨다. 이제는 인간적인 화해가 남았다. 다시 친구로 돌아가야 한다. 돈이 몇백이 든 변호사비는 둘째치더라도 제일 컸던 위자료 청구가 없어진 것이다. 둘은 다 만족한다. 더 이상의 소송도 없다. 친구들과 다시 놀 수 있을 만큼 화해가 이뤄져야 한다.

020

박우리의 학원에서는 많은 특목고 진학이 이루어졌다. 좀만 더 가르치면 특목고를 갈 수 있다. 못 놀게 해서 남들보다 조금만 더 가르치면 특목고는 갈 수 있다. 잘 길러야 하고, 잘 길러서 특목고를 보내 뿌듯하다.

아이들은 수학을 정말 잘하게 가르쳤기 때문에 잘할 거라고 믿었다. 정말 열심히 배운 만큼 잘 해내야 했다. 다 좋은 결과 가 있고 특목고를 못 가면 성적 높은 학교라도 배정받으면 그게 좋은 것이다.

한 명 두 명 졸업하고 아이들이 선생님이 좋다고 찾아온다. 찾아온 아이들은 선물 하나 들고 선생님이 무엇을 사다 준다. 박우리는 맛있는 것을 하나씩 사다 주고 이야기를 꽃피운다. 그렇게 돈을 모으니 벌써 2억을 벌었다. 친구들과의 내기까지 하루가 남았다.

021

지일은 일을 거의 다 해냈다. 그리고 결국 자신의 취향에 맞게 썼다. 어른들이 좋아할 만한 이야기를 썼다. 잘 썼고 NC, NEXO처럼 잘 썼다. 잘 팔리겠다는 부장의 말과 함께 이제 인터넷을 통한 배포만 남았다.

정말 어려운 것이 게임이 살아남는 것이다. 몇천 개의 게임이 마구 쏟아지는 요즘이기 때문이다. 어려웠던 만큼 잘 나가야 한다.

실적 발표가 곧 온다. 실적 발표회가 곧 시작된다. 사원들이 앉아 기다린다. 한 발표자가 일어나더니 발표한다.

"20,000명의 유저가 시작했고 앞으로 100,000만 명까지 이 게임을 이용할 것으로 보입니다."

모두 박수를 친다. 정말 수고 많았다고 서로를 칭찬해준다.

저녁 퇴근 시점 부장이 부르더니 말한다.

"자, 성과급 3억."

"야, 감동. 3억?"

전부 다 웃는다.

022

목동의 오후는 노을빛이다. 노을빛을 맞으며 집으로 돌아온다. 하루가 정말 빠르게 흘러가는 하루하루의 일과들을 마친 저녁, 오늘을 잊은 채 집으로 왔다.

언제나 그렇듯 맥주 세 캔을 사서 집으로 돌아온다. 집에서 마시고 쓰러진다. 쓰러지는 하늘을 보며 술을 술술 먹는다.

친구의 전화가 오고 전화를 받는다. 이번 내기는 지일이 이겼어. 3억 5천 벌었거든.

목동은 웃는다. 나 5억 벌었는데?

백화점 사장 같은 연봉을 받는 것이다. 하루 종일 자기보다 못 번 친구들을 놀린다.

023

푸른 하늘 속에 달려가는 경주마들 같은 것이 삶이 아니다. 그저 그늘에서 하루 쉬었다 가는 것도 삶이 아니다. 서로를 확인하고 좋아하고 더 잘살고 아껴줄 때 우리는 살아가는 이유가 된다. 하늘 푸른 날을 기억하며 노란 태풍처럼 가슴 좋은 날이 정말 우리의 삶이 다양하고 아름다워야 한다.

그런 삶이 계속될 때 우리는 아름다운 날이 후에 기억남을 만한 명작이 되어 탄생할 것이다. 아이들이 뛰어가는 오후의 유치원 끝난 시간처럼, 이런 게 우리의 삶의 한 단면이 아닌가 싶다. 단면을 잇고 이어 최고의 삶을 만들어 후에 돌아보았을 때 걱정과 후회는 있되 그것이 다가 아닌, 그리고 스스로 대단하였다고 느껴야 한다.

힘들고 의미 있는 일을 마치고 나서 느낄 즐거움과 기쁨 그리고 있을 아플 몸까지 우리의 것으로 생각하고 의미를 찾는다.

사람들은 너무 빨리 달린다. 그러나 그들은 경쟁장의 거울에 비춘 것이다. 같이 살고 호흡하며 행복할 때 서로의 의미를 알고 좋아할 것이다.

4억을 먼저 벌려는 노력과 그 자만과 그리고 성공은 우리가 빚에 쫓겨 몇억을 모으는 우리의 세태와 비슷한 것 같다. 몇백만 원을 더 벌어 성공을 자랑하고 빚에 쫓겨 자신을 잃는 그런 슬픔은 없어야겠다.

노력과 성실을 기본으로 한 목동의 성취도 대단하다. 항상 일등을 하는 사장님 같은 놈이다. 그들과 싸우고 경쟁으로 아픈 가시 같은 말을 듣고 내뱉는 지일도 자신의 일을 찾았다. 언젠가 자기까지 된다. 자기 일까지 된다.

그리고 우리의 박우리는 정말 열심히 했다. 우리는 정말 열심히 살고 잘살고 있다. 그런 능력들이 노력의 결과로써 다가오는 것이다. 그리고 자기 일을 항상 잘하면 된다. 매우, 거의 제일 잘하면 조금 잘되면 하는 것들이 따라온다.

세 친구는 같이 모여 농담과 즐거운 이야기를 하며 음식을 먹는다. 정말 좋아하는 음식을 상에 두고 나누어 먹는 그런 좋은 풍습들이 있다.

내기는 목동이 이겼다. 좋은 명품 핸드백 하나를 셋이 돈 모아서 사주었다. 목동은 보답으로 두 개를 더 자기 돈으로 사 친구들에게 주었다. Louis V 같이 제일 비싼 것은 아니어도 들으면 알만한 최고의 백을 사주었다. 돈은 꽤 몇백 대 깨졌다. 셋은 각자 아내에게 내기에서 2, 3등 해서 받은 거라며 주었다. 아내는 좋아하긴 한다.

인생의 시작은 1세가 아니라 19세가 아니라 31세가 아니라 40세가 아니라 50세이다. 50세부터 또다시 시작된다. 계속 지나가는 세월이 빠른 것은 모르겠으나 계속 가고 있는 즐거운 추억과 교차될 순간들이다.

세 명은 같이 사진을 찍는다. 지나가는 직원이 찍어준다. 셋은 김치를 한다. 셋은 서로를 좋아한다. 우정만큼 좋아하는 것이다.

하나

둘

셋

찰칵

친구들은 웃으며 헤어진다. 내기는 끝났다. 서로의 삶으로 돌아가고 더 잘 살려고 할 것이다. 그런 내기였다. 그리고 이제는 더 이상의 내기는 없을 것이다. 친구들이 40억을 버는 부자가 될 수는 없을 것 같다.

내기 끝

40억
먼저 벌기

001

마음 아픈 세상살이와 사회에서 겪는 고초들, 그리고 회사에서 생기는 수많은 일과 작업들이 하루아침에 생기지 않는 노력과 헌신 그리고 아픔과 극복, 그 모든 것은 어찌 보면 최선에서만 나오지 않는다. 그 다양한 방법 중 최선은 어디까지 가능할까.

더없이 나아가는 많은 일들과 거기의 실패와 좌절 속에서 서로의 힘을 믿고 의지하고 나아가 서로 더불어 갈 때 생기는 친구들, 그리고 열정과 열광들로 인해 최고의 삶이 만들어지지는 않으나, 그것이 우리를 삶을 지탱시켜 준다.

뭐 멋있는 시계 광고, 스와치, 롤렉스 같은 광고에서나 나오는 명품의 광고가 아니다. 살다 보면 생기는 작고 사소한 것들부터 큰 인생의 나아감까지 우리의 삶은 정말 중요한 사업 이상의 더 높고, 숭고하다 칭해져야 마땅할 우리들의 삶이란 말이다. 명품 광고같이 멋진 삶을 사는 것도 중요하지만 더 높은 가치들을 지녀야 한다.

한 편의 드라마를 찍는 듯 만드는 연애와 결혼, 그것들이 점점 중요해지는 나이의 아저씨들이 하나의 장편 연속극처럼 우리가 보여야 할 최선의 것들이 되어온다. 하나의 장편 드라마는 아닌 것이 우리의 삶일 수 있다. 장편 드라마에서 보여주는 애정과 사랑, 그리고 분노 중 나오는 파멸, 그리고 결국 사랑의 성취 같은 것들은 거기에만 있는 것이 아니다. 그만큼 좋아도 드라마와 삶은 아주 다르다.

삶과 운명 그 많은 철학들이 3, 40대에 들어선 많은 아저씨들과 새내기 사회인들의 해야 할 진정한 삶인 것이다. 삶과 일, 그것만 나누는 것이 아니다. 라이프 워크 밸런스만 있는 게 아니다. 삶의 방식에 있어서 나누어야 할 때, 진보적 삶, 보수적 정치 성향도 또 다르다. 중도적 위치가 맞는것도 아니다. 그러나 사랑과 자신의 밸런스가 지켜야 할 것도 아니다. 그냥 삶이란 무궁무진하게 스스로 나아가다 보면 언젠가 올 기적 같은 오아시스가 나타나 거기서 수영도 하고 물도 마시고 요리도 하는 그런 낙원을 기다려야 할 수도 있다.

뿌연 하늘만큼 바래지는 직장인과 전문가의 삶은 점점 어려워지는 사회의 발달만큼 복잡해져만 간다. 그러나 어려운 삶 속에 어떤 자기 지향점이나 자기만족 그리고 삶과 행복은 전혀 잡을 수 없는 것이 아니다. 더없이 나아가야 할 지향이, 우리의 삶이 우리의 시작점은 아니나 진정한 가치를 찾아서 그것만 해내다가 우연히 진화같이 다른 상위 단계로 진급해나갈 수 있는지도 모른다. 그러나 우리는 최선은 언제나 가져야만 한다.

최선은 우리를 나아가는 힘이다. 최선을 다하는 처음과 점점 나아가지 못하면 죽게 되는 우리의 일과 능력과 거기서 내리는 명령들을 우리는 매우 진지하게 받아들인다. 그러나 우리의 힘은 계속 생길 것이고 그것들을 능가하는 그런 인생은 언제나 기다리고 있다.

더없이 나아가다 보면 생길 오아시스와 천국을 다루려는 이번 작품이나, 얼만큼 성장해야 쉴 수 있는지도 모른 채 달리는 우리의 경주를 멈추어 보려는 시도이다. 40억으로는 어림도 없을지도 모른다. 부자와 재벌들에게 말이다. 하지만 200억이 모이면 쉽게 된다. 그런 말도 있음에도 불구하고 더 벌어서 더 투자하고 더없이 많이 이득을 보아 준재벌같이 되려는 그런 시도에도 끝이 있어야 한다.

그 끝에는 크고 되돌아보았을 때 만족하는 그리고 대단했던 자신의 과거를 회상하며 돌아볼 만한 대단한 인생, 거장의 인생의 탄생이다. 탄생과 성숙 그리고 성공 모두 우리가 돌아보았을 때 대단해야 한다.

002

목동은 사업을 늘린다. 사업체가 하나 생겼다. 가볍게 굴리며 이득을 본다. 이득은 정말로 값비싸다. 그런 돈을 축적한다. 사업체를 굴리며 자기 일을 하며 이사가 된 자기 자신을 갖고 논다.

이자로만 살면 된다는 게 말이 안 된다. 거의 대부분의 벼락 스포츠 부자들은 50 퍼센트가 은퇴한 후에 파산한다. 그런 파산도 있다. 흥청망청 쓰다가 마는 것이다.

목동은 결국 돈을 벌고 회사의 일을 하는 법을 다 배운 것이다. 대단한 성취다.

"하하하, 돈은 계속 들어오고. 하하하."

하며 웃는다.

40억은 어떻게 쓰는지 어떻게 보면 정말 어렵다. 하지만 거의 대부분의 유명인들은 그것을 굴리며 그것을 다 써버려 거지가 순식간에 되어버린다. 이런 게 격차일 수 있겠으나, 우리는 더없이 그들을 부러워만 말아야 한다. 돈을 막 쓰는 것이 꼭 엄청난 성공이 아닐 수 있다. 다 거지가 되어버리는 그런 생각 없는 파산들보다는 적은 돈으로 정말 웰스가 되게 쓰는 그런 정말 인간 너머 사람이 되는 사람들이 많다. 그렇게 써야 우리는 성공 할 수 있다. 성공이 벼락부자와는 다를 것이다.

성공과 실패, 부자와 거지, 성취와 파산 모두 우리를 저울질하며 나아가게 한다. 이분법이 아닌 주관식을 계속 풀어야 하는 우리의 삶은 점점 우리에게 자신의 탐닉을 멈추지 않게 한다.

주관식 같은 답을 쓰며 우리는 나아가야 하고 우리는 그 끝을 모른다. 정조대왕이 책을 많이 읽어서 우리에게 규장각과 홍길동전 같은 훌륭한 우리 문학과 역사를 만들었듯이 어떻게 잘 나아가면 우리도 우리만의, 홍길동과 같은 우리의 히어로가 될 수도 있는 것이다.

역사적인 사람들과 사실들 그리고 영웅과 왕들의 이야기를 보면 우리는 서로 나아갈 방향으로 보인다. 변화와 현대화, 발전 등. 모두 거기서 우리가 가져야 할 기본적인 적응의 요소들이다. 적응과 변화와 변신을 해야 한다. 우리 삶은 점점 어려워진다. 역사적인 인물들을 다 알아야 한다.

마이클 잭슨이 음악계를 꾸미고 날리고 갔듯이 어쩌면, 이소룡이 또 우리의 영화를 할리우드 영화를 기반을 다졌듯이 계속되는 삶의 공장들이 우리를 뛰게 하고 성장시킨다. 우리의 역사적 인물들은 우리에게 삶의 양식이 되는 이야기와 방향을 제시한다.

003

"이사님, 아, 이사님."

"야, 지금 퇴근하겠다는 거지. 야, 야근해. 당장 야근해."

"일정 한 주만 늦춰 주세요. 너무 많아요. 이게 뭐예요."

대리에게 일을 잔뜩 주고는 야근하면서 하라는 것이다. 일은 대부분 회계와 매출에 관한 일들을 계속 시키는 것이다. 일들을 정말 열심히 하라고 시키는 것이다. 일을 열심히 하게 하려고 계속 시킨다.

제시되는 삶들과 이상과 방향과 성숙은 어차피 우리 몫이다. 그리고 그러한 이상들과 삶들과 방향이 더없이 조화를 이룰 때, 그리고 그것이 어쩌면 우리가 그리던 삶과 비슷해지면 성공일 수 있지 않나 싶다.

역사적 인물이 되는 것은 사실상 불가능하지 않나. 그런데도 성공은 계속 들려오고, 우리 중의 결혼은 계속되며, 더 나아가 높은 인물은 계속 우리를 깨워준다.

흔한 30대부터 우리는 시작된다. 어렸던 유년기는 거의 다 대단할 만큼 높지만은 않다. 그러나 대단했던 우리들, 그리고 잘해온 나를 돌아보며 추억 삶고 거기서 배웠던 것을 하나하나 만들어 나가야 한다. 그런 어린 시절의 일들과 어린이로 살며 만들었던 것들을 우리는 더없이 소중히 여기고 다 익혀 온고지신의 지혜가 필요하다는 장자처럼 열심히 살아가야 한다.

철학적인 접근이 아니다. 실용적이고 실리적인 그런 운영이 필요하다. 더없이 빛났던 순간이 있는 사람이 있다. 대단한 사람이 되어야 한다. 그런 것들을 익힘과 나아감이 우리의 일상과 직업 그리고 현대와 과거, 그리고 미래의 대단함이 되어야 한다.

대단한 삶과 사는 것은 어려운 철학이 아니다. 자신이 이끌고 경영하는 하나의 인생 드라마인 것이다. 인생 드라마를 잘 이끌어야 중간계투요원인 오승환이나 박찬호처럼 인생을 탄탄히 나아갈 수 있게 만드는 것이다.

또, 야구 같은 것이 인생이라는 말은 아니다. 인생은 야구와 다르다. 철학과도 다르다. 철학은 인생을 어떻게 살까 라는 것에서 시작한다. 그리고 엄청난 생각들이 등장하는 것이 철학의 학문으로 엮어진 한 과목이다. 그러나 철학과는 다른 그리고 우리가 살아가야 할 우리

의 인생은 더없이 나아가야 하고 정답이 있거나 말거나 열심히 사는

것. 그것이다.

004

목동은 일이 점차 커진다. 일이 커지며 점점 어려워지고 고난도에 전문적으로 된다. 이럴 때는 전문가를 고용해야 한다. CEO를 뽑는 것만큼 비싼 게 없다. 그러나 CEO도 믿음직하지 만은 않다. 그냥 잘 굴릴 뿐이다.

일을 함께 해왔던 사람에게 경영을 맡기고, 전문직은 최대한 잘 일에 맞게 고용해야 조금은 굴러간다. 동주의 일이 다 그것이다. 거의 회장이다. 백화점의 회장처럼 아니면 사장처럼 자기의 머리에 맞게 굴리는 것이다. 사업체는 대기업은 아니나 새로운 화두로 떠오를 만큼 열심히 성장 중인 회사이다.

"야 물건 뽑는 데는 양과 질이 우선이야. 두 개 중 하나라도 못 하면 다 끝인 거야."
"네, 양과 질."
"또 뭐가 중요해?"

동주는 신경질 내듯 말한다.

"너 말이야 너. 서비스 말이야. 최고로 잘해주란 말이야."

역시 백화점을 이끌만한 사장은 된다. 서비스를 우선으로 여긴다. 그것이 지금껏 살아오면서 회사의 흥망을 많이 결정했다. 정말 좋은 브랜드 인지가 생기고 로열층이 생기면, 그 회사는 성공할 중요한 점을 확보한 것이다.

"양과 질에 서비스요?"
"다 하나라도 안 틀리게."
"엥, 뭐가 그렇게 많나요."

엉뚱한 신입이 말한다. 똑똑하게 생겼으나 허점 가득한 외모를 가지고 열심히는 하지만 best는 못 만드는 신입이다. 많이 가르쳐주고 배우게 해야 한다. 옷도 조금 웃기고, 외모도 수려하지 않다.

"다 배워, 네 상관한테, 어이. 거기. 애 부장 너지."
"넵."
"더 가르쳐, 물심양면을 다해야 한다고 말했어. 그게 중요한 걸 그걸, 그걸 더 가르쳐."
"넵."

동주는 일하다가 자기 사무실에서 사무를 본다. 경영지표는 다 아는, 4대 분석, SWOT 분석, 경영법, 그리고 전문적 데이터와 경험 원칙성. 둥 모든 경영법을 다 안다. 정말 대단히 공부하고 갈고 닦은 것이다.

모두들 웃으며 퇴근 시간이 되어간다. 살짝 뜨거운 듯한 열기로 가득 찬다. 뭐할까, 좋은 것을 생각한다.

부장이 한 명 두 명 다 보낸다. 카드를 찍고 다 나간다. 정말 좋은 회사를 만들었다.

005

우리는 전문대 강사이다. 전문대에 입시원서를 넣어봤다. 전부 다 합격한 것이 아니다. 아무에게나 열린 문이 아니다. 공부를 다 하고 아이들을 가르칠 만해야 일단 조건이 필요하다. 우리는 더 공부를 했다.

그리고 보습학원을 하나 한다. 어린애들을 가르친다. 정말 힘들게 만들어 명맥이 이어가지는 학원이다.

강의를 시작한다.

"자 어려운 수업일 수 있어요. 잘 따라와서 부분적으로 외워야 하는 게 시험에 나갈 것이고 열심히 따라와주세요."

아이들을 가르치던 우리이다. 학생들을 가르친다. 공부는 정말 힘들게 시킨다. 다 열심이다. 비대면으로 다 찍어서 올린다. 전문대 인터넷 강의 강사이다.

자기가 쭈욱 20개 정도의 강의를 올린다. 그럼 와서 듣는다. 정말 힘들어도 열심히 했다.

자, 실적을 볼까?

　지일의 하루는 하루 종일 너무 바쁘다. 어른들의 꿈과 아이들의 꿈이 다르다. 점점 꿈이 비슷해져 간다. 교수나 사장이 거의 다 어른들의 꿈이다. 아이들의 꿈은 거의 다 연예인, 과학자, 스포츠 선수 이런 것이다.

　스포츠 인기가 높다.

　스포츠 선수에 대한 인식이 달라졌다. 점점 더 좋아하고 점점 더 유명하게 된 것이 스포츠 스타이다. 스포츠 스타를 꿈꾸며 전공을 전향하는 어린이들이 많다. 그들에게 많은 경쟁이 있을 것이고 어려움은 많을 것이다. 올림픽 메달은 따야 TV에 나온다.

　어른들은 거의 다 사장이 되고 싶어 한다. 직장인 모두 그게 거의 유일한 목적이다. 그러나 다 안된다. 그러면 이사까지이다. 이사가 되는 것이 성공의 한 척도가 되어 있다. 다 일에 쫓겨 살다가 임원에 드는 것이다.

꿈꾸어왔던 삶과는 다른 정말 버라이어티 같은 삶을 꿈꾸었지만, 실상은 일에 쫓겨 죽어라 일에 몰두하는 하나의 삶을 모두 살아야 한다. 그들, 스포츠 스타나 연예인들도 뭐 그렇게 TV를 찍는 게 좋은 일만은 아닐 것이다. 일이지 않은가.

오늘도 하루 이틀 살다가 친구들과 밥을 먹고, 일할 거리가 있고, 그리고 열심히 한 만큼 집에 가족이 있으면 그걸로 된 것이다.

모두 다 바람 같은 일에나 휘말리는 그런 일이 좋을 수도 있다. 단비와 같은 봄비나 겨울의 싸락눈 같은 것이 정말 좋은 것이다.

봄인 오늘, 회사원들은 가벼운 재킷 하나 걸치고 가볍게 걸을 만한 등산화 같은 가벼운 신발을 신는다. 그리고 회사로 출발한다. 지하철은 만원이나 제일 빠르다. 버스는 편하다.

회사로 한 명 두 명 모인다. 같이 뒷골목에서 고깃국이나 마시면서 이야기를 하기도 한다. 그러다 회사로 들어가서 하루 종일 뒹군다.

입고 가던 흰색 와이셔츠가 너무나도 캐주얼하지 않다. 캐주얼 한 와이셔츠 하나 입는 것도 정말 좋으나, 그냥 폴로 티 하나 입는 게 가장 적당하다. 옷은 다양하고 많은 것 중에 고른다.

007

지일의 집에서 아내가 기다린다. 아내는 여기저기 다니며 주부 생활을 하며 아이를 키운다. 아이를 매우 잘 키우려고 한다. 아빠처럼 회사에 다니게 키우려고 한다. 지일의 아들은 아빠만을 기다린다. 아빠가 재밌기 때문이다. 아빠를 기다리며 공부하고 있다.

지일의 아들은 아빠가 오는 것을 기다리다가 종소리가 나자 뛰쳐나간다. 아빠가 왔다고 좋아한다.

곧 저녁을 같이 먹는다. 하나하나 다 먹는 것이라면서 먹여준다.

지일은 회사 일이 안정되었다. 안정된 일을 하며 여전히 다니는 게임 회사에서 열심히 살고 있다. 게임 회사는 정말 잘 된 것이 많고 열심히 했다.

안정된 지일은 하루바삐 산다. 삶은 정말 힘들고 고난일 수 있다. 그러나 점점 능력도 느는 듯하다. 능력이 늘며 하루 이틀 정말 열심히 하고 있다. 게임 회사라는 정말 어려운 일이 어떻게 잘 맞는 듯하다.

하루 이틀 살며 겪는 어려운 사회생활을 견딜 수 있던 것은 사람 관계에 조금 있고 일들을 건드려 나가는 성실성에 있었다. 그렇게 하루 이틀 해나가면서 언젠가 시작했던가 가 생각 안 날 때쯤, 그럼 한 2~3년이 되어 있을 것이고 그렇게 10년 해나가면서 전부 다 회사가 돼버린 이후 삶은 안정이 오고 회사원이 된 것이다.

어려운 일이 반복되는 회사이지만, 가끔은 사소한 일들로 꽉 차기도 한다. 잔잔한 소설처럼 일들이 계속 진행되는 것이다.

008

지일은 커피집에 앉아 있다. 커피를 마신다. 캐러멜 마끼아또부터 카페라테 카페모카 등 조제법에 따라 맛이 결정되는 커피가 있다. 그러나 그런 커피들은 잘 만들어 먹기가 힘들다. 그냥 대충 만들어 맛있는 게 좋다. 사람들이 정말 맛있게 먹는 카페라테는 정말 지일이 맛있어한다.

맛 좋은 커피를 마시며 다른 디저트 없이, 이야기를 하다가 밖으로 나간다. 밖에서 몸을 풀더니 회사로 천천히 들어간다. 회사 카드를 찍고 내부로 들어간다.

회사는 넓고 좋다. 그런 곳에서 커피 하나 먹으며 들어간다. 사무실 밖 휴식터가 잘 조성되어 있다. 거기서 얘기하며 하루를 보낸다.

회사의 커피는 단맛밖에 없다. 쓴맛이 나게 짙은 커피가 맛있다. 그런 카페를 좋아하며 다닌다. 커피의 달달한 마음이 일과 함께한다. 커피가 없으면 일이 안 된다.

사람들과 만난다. 사람들은 웃으며 가벼운 농담을 주고받는다. 문의 복도에서 서로 회담도 아닌 만담을 한다. 지일은 정말 웃긴 말을 할 줄 안다.

"넥센이 타이어 파는 곳인가, 게임 파는 곳인가?"
"둘이 다르죠."
"우리가 넥센 따라가는 것도 내일 모레네."

사람들은 만담을 하며 커피를 한잔 먹는 여유를 보이다 들어가서 일을 한다. 일은 끝이 없다. 하루 종일 일만 종일 한다. 일이 정말 힘들어도 보람 있다. 자신의 일의 이유를 찾아야 성숙할 수 있다. 일을 찾아야 한다.

일을 계속한다. 매우 힘든 시간이 지나고 저녁 5시가 된다. 8시간제를 마치고 집으로 돌아간다. 연봉제를 통해 돈을 버는 지일은 정말 기분이 좋다. 일이 잘되고 있는 것이다. 돈만 있으면 행복하다.

이렇게 별일 없이 지나갈 듯하다. 그러나 일은 곧 발생한다. 일은 다른 게 아니라 프로젝트이다. 프로젝트를 만들 임무를 받는다. 회사의 일은 프로젝트이다.

"프로젝트 하러 와. NC와 협력체 만들어와. "

네? 라며 놀란다. 왜 걔네랑 협력체 만들어요?

"못해요."

그러자 상관이 말한다. 콜라보 해서 더 퍼트려, 게임을. 우리 소프트 기술이 좋잖아, 그래서 해보자네.

"넵, 할게요."
"잘해봐."

집으로 돌아오며 어떤 일을 할지 생각하지도 않는다. 생각만으로도 화가 나서 그냥 죽을 맛인 게 자기의 프로젝트며 일이며 하다. 생활 밸런스를 잘 맞추어야 한다. 매우 많이 노는 편인 지일이다. 아내가 기다리나 직장 동료와 술을 마신다.

술을 마시며 서로에게 좋은 말을 해준다. 정말 좋은 술집에서 안주를 하나둘 시켜 먹으며 소주를 마저 다 마신다.

술을 마시며 생각한다.

"야 이번에 더 풀리면 우리도 임원직 되는 거 아니냐?"

동료가 말한다.

"임원뿐이냐, 사장을 노려야지."
"큭큭큭."

하며 웃는다.

쓴맛을 느끼며 소주를 마시다 집에 늦게 들어간다. 아내가 기다리다 겨우 온 것을 확인한다. 뭐 하고 왔냐며 묻는다. 동료와 술 마시다가 왔다고 말한다. 그러자 아내가 빨리 밥을 더 먹으라고 한다.

"밥은 너무 많이 먹어서 더 못 먹어."
"빨리 안 먹어. 다 차려놨단 말이야!"

아내는 예쁘고 성실하여 정말 좋은 아내를 고른 것이다. 예쁘긴 하면 된 것이다. 정말 예쁘다. 아내는 매우 잘 구한 지일이다.

어떻게 만났는지는 옛날이나 지금의 현재 서로가 서로를 좋아하고 믿는 둘의 관계는 이제 아들과 딸이 태어나 가정이 생길 것이다.

아내는 명품을 좋아해 지일 돈을 다 뽑아 쓰려고 한다. 그러나 거의 안 산다. 몇 개 안 사고 그냥 한두 개는 사보는 그런 성실함이 있다.

동네 편집숍을 더 좋아하는 아내이다. 명품러까지는 아니다.

009

박우리는 강의를 찍는다. 방송국에 가서 강의하고 와야 한다. 방송국으로 간다. 다 차갑고 비정할 줄 알았지만 매우 잘해주고 괜찮은 곳임을 확인한다.

PD와 같이 방에 들어가서 수업을 한다. 수업을 계속하며 몇 시간의 강의를 찍는다. 정말 좋은 강의이다. 아이들을 위해 찍는 수업이다.

수업을 계속하며 힘이 들 때마다 물을 마시며 하나하나 쉽게 설명한다. PD도 거의 다 수업을 이해하며 듣는다. 호흡이 중요하다. 자신만의 루틴 같은 강의법으로 계속 수업한다.

수업은 성공이다. 사람들은 다 듣는다. 인강을 다 찍으니 정말 돈이 많이 들어온다. 돈을 다 어떻게 해야 할지 모르겠다. 몇억으로 연봉이 는다.

자기 학원에서 자신의 수업을 한다. 다 이야기를 들려달라고 한다. 방송국 이야기 말이다. 중학생 학생들도 학원 수업 외에 인터넷 강의도 다 듣는다.

"연예인도 봤어요?"

"못 봤어, 아주 멋지더라, 그 방송국."

"또 가야 해요?"

"또 가야지. 돈이 벌려 좋을 뿐인데, 어 너희들도 방송국에 다닐 수
도 있는데 그때 다 알 수 있을 거야."

"네, 하하하."

"자, 공부 책 펴. 2시간 안 쉬고 간다."

우리는 하루 종일 수업하고 집으로 온다. 매일 하니 조금은 강의법도
느는 것 같다. 쉽건 어렵건 점점 느는지 멈추는지를 모르겠다. 일이다
보니 열심히 해야 한다. 그러나 최고의 노력이 들어가지는 않는다.

점점 자신의 강의가 느는지 확인해야 한다. 정말 열심히 최고의 강
의를 만들어야 한다. 그게 목표이다. 달인처럼 될지 그냥 프로가 될지
는 자신에게 달린 것이다.

우리는 산골 마을을 넘어간다. 번화가 뒷골목의 학원을 나와 동네
높은 곳을 걸어간다. 그길로 가야 조금 더 버스가 빨리 온다. 그렇게
올라가다 보니 사람들이 힘들게 사는 것을 본다. 사람들의 힘든 모습
을 보고 다짐한다. 더 열심히 더 잘 가르치겠다고.

010

목동의 하루는 정말 좋다. 좋은 이 하루를 느끼며 일어난다. 그러나 갑자기 찾아온 집 가스 점검이 온다. 자기가 맡는다. 아내는 어디나갔다. 평일 오전이었으나 오늘은 쉬는 날이다. 쉬는 날도 많다.

그런데 그 점검이 화가 난 것이다. 아내가 해야 할 일이라는 것이다.

"야, 집안일은 나까지 오게 하지 마."
"뭐? 그걸 못해서 나한테 그래?"

목동은 화가 난다. 자기의 휴식을 방해했기 때문이다.

"야. 이 돼지야. 돈은 많이 벌어도 인간은 되어야 되는 거 아니야. 돼지 저팔계 같은 새끼."

목동은 방에 들어가서 푹 잔다. 꿈자리도 안 좋을 듯싶다.

"나 부르지 마. 내일 아침까지."

"이 최악아."

목동은 잠을 자버린다. 잠을 잔 후 아침에 일어나 회사로 달려간다.

011

 사람들은 살아간다. 살아가는 순간순간이 있다. 부에서 나오는 즐거움들 다 중요하다. 하지만 가난할 때 나오는 삶이 어쩌면 우리를 성장하고 더 나은 사람으로 만들 수 있다.

 많은 사람들은 잘 살려고 하며 열심히 살려고 한다. 그런 사람들과 그리고 가난한 사람까지 전부 다 우리의 공동체이며 같이 살아야 한다. 언제까지 성공만을 위해 뛰어갈 것인가. 이제 부자가 된 주인공들은 더 많은 기회와 재산 부가 있다. 그러나 더없이 행복함에 공동체에는 같이 사는 것이 전제로 되어야 한다.

 성공만을 위해 달리기와 사람들과 함께할 수 있음이 중요하다. 서로의 인정과 악수 그리고 즐거운 서로가 제일 중요하다.

 잘 살아야 할 나이이다. 점점 좋아진다.

012

세금계산서가 왔다. 회계와 세무 일은 정말 어려울 수 있다. 계속 번 만큼 세금은 비싸진다. 다 내야 한다. 돈의 이득을 많이 가져간다.

세무사들은 세금을 잘 이해한다. 그런 사업과 일을 하다 보면 필요할 때가 있다. 그냥 세무 전공을 했다고 나오는 것이 아니다. 매우 숙련된 세무사들이 있다. 정말 잘 해주는 데는 끝도 없이 잘된다.

세금은 주택세부터 소득세 재산세까지 끝도 없다. 아무리 내도 계속 내야 한다. 은행에서 돈을 보내고 집으로 오는 길, 자동차세가 얼마나 많이 나간 건지 어이가 없다. 300만 원을 2대 값으로 냈다.

"야 목동, 자동차 보유세가 300이야. 이게 어떻게 해야 해. 하나 팔던지 증여하던지, 어."
"아 둘다 필요하다고, 팔아도 얼마 안 나오잖아. 그냥 내 애차니 쓴다고. 어."

둘은 기분이 최악이 된다. 서로 마구 싸운다.

둘은 정말 최악으로 싸운다.

세금은 상상 이상으로 많이 낼 때가 있다. 정말 비싼 무언가를 살 때, 차 같은 필수품마저 약간의 사치세가 붙으면 억수로 세금을 많이 낸다. 외제 차는 비싸서 사지 않는 게 좋다. 옛날보다는 많이 좋아진 국산 차가 오히려 더 경제적으로 기능적으로 좋을 수가 있다. 요즘 차는 국산으로 좋은 차가 정말 좋다. 국산 차 중에 사면 된다.

세금을 다시 확인한다. 300을 매년 내라고? 10년이면 3,000만 원이다. 끝도 없이 많이 내는 것이다. 차 값 5,000에 3,000이면 1억을 자동차에만 넣는 것이다. 국산 차 적당한 가격대는 50만 원 정도만 1년에 넣으면 된다. 그럼 10년 해도 500만 원에 차 값 3,000이면 3,500밖에 안 든다.

차를 처분하자는 이야기이다. 쓸데없이 3대 4대 가진 사람도 많다. 그런 것들은 다 현명한 구매를 해야 어떻게든 돈을 아끼며 살 수 있는 것이다. 그런 사람은 돈이 매우 많이 나간다. 그런 돈을 허공에 뿌리는 행위는 멈추어야 한다.

차에 드는 돈은 정말 현명해야 한다.

재산세가 같이 날아와 있다. 목동의 재산세는 그렇게 비싸진 않다. 많이 낸다고 자랑이 아니다. 정말 허리가 휘는 게 세금이다. 아파트 한 채만 좋은 집을 가지고 있는 게 제일 좋다. 그런데 두 대 있고 전세나 월세를 받고 있으면 정말 돈이 피같이 많이 나간다.

서울의 가장 좋은 곳에 집을 하나 사서 살고 있는 목동은 정말 잘 살고 있다. 강남의 신축 아파트는 정말 완벽히 살기 좋다. 정말 좋다. 목표로 삼아도 된다. 그런 곳에 사는 목동은 정말 행복하다.

그렇게 살면서 행복한 일들을 겪고 사는 동네를 아파트 제일 좋은 곳을 사는 것이 하나의 큰 즐거움까지 되는 것이 아니겠나 싶다. 강남 신축 아파트는 정말 잘 짓고 멋있다. 서울 내에 있는 신축도 정말 거의 다 좋다. 강남신축은 조금 더 좋다.

행복하게 살기 위해 갖추어야 할 여러 가지 것들이 있다. 많은 것들은 정말 중요하고 어떤 것들은 사소하게 삶을 구성하기도 한다. 좋은 환경과 좋은 인프라, 그리고 사람들 모두 다 중요하다. 좋은 환경에서 사는 아이들은 정말 잘 키워내야 한다. 그리고 좋은 인프라와 사람들이 있으면 그것이 정말 중요한 점이다.

그런 점에서 강남의 대치동이나 압구정동이 정말 좋을 수도 있다.

그런 좋은 인프라를 가졌고 최고의 직업을 가진 아빠들의 아들로 노는 것이니 말이다. 그런 좋은 공간 속에서 잘 크는 것이 중요할 때도 있다. 하지만 서울의 한 하늘아래 같이 성장하고 또 그 잘사는 것이 다가 아니다. 좋은 강남만이 아닌 더 좋은 자기 고향 같은 곳이 더 좋은 것은 확실하다.

서울- 강남- 뉴욕이 다가 아니다. 자신의 고향과 살만한 진짜 좋은 원더랜드를 찾는 것이 중요하다.

목동은 술을 먹으며 TV를 보다가 문득 생각한다. 내일 일이 생각난다. 일을 시작한다. 술이 조금 취했는데도 내일 해야 할 바쁜 일이 생각나서 마구 한다. 바쁘게 일을 하며 순리를 역행하듯 사는 목동의 일이 고달프다. 인생은 그런대로 살아내는 것이 성공일 수 있다. 목동은 성공은 하였으나 앞으로의 갈 길도 멀다.

갈 길이 먼 목동의 앞길은 자기의 반성과 자기의 쇄신 그리고 노력으로 이루어져야 한다. 그리고 점점 더 높은 곳을 향해 올라야 하고 점점 더 잘 해내야 한다.

정말 잘 해내야만 한다. 최선을 다해 일을 해내야만 한다.

013

다시 공부를 본다. 가르칠 것을 한번 풀어본다. 머리만 몇 번 굴리면 답은 나온다. 가르치는 것과 아는 것은 또 다르다. 열심히 어떻게 가르칠지 생각한다. 그대로 가르치면 된다.

가르치려는 것은 정말 많다. 2시간을 가득 채워야 한다. 수학적 지식을 전달하는 것이 아니다. 수학적 지식이라기보다는 사고력과 습득, 그리고 문제 해결을 가르쳐야 한다. 더 많은 것들을 가르쳐야 한다. 정말 보는 시각도 중요하다. 시각만 아는 것도 문제가 있다. 더 많은 계산과 해결 사고력 모든 능력을 올려야 한다.

정말 잘 구성된 강의를 연기하듯 가르쳐야 한다. 그것이 일이다. 우리는 머리가 너무 좋아 자기의 수학을 가르치는 게 목표이다.
후드티를 입은 아이가 말한다. 저건 뭔지 모르겠다는 듯이 보고 있다가 말한다.

"이건 왜 이렇게 풀어야 해요. 쉽게 풀 수 있잖아요."
"다 알아야 돼. 그래야 성적이 나와, 좋게."

후드티를 입은 아이가 다시 말한다.

"풀기만 해도 성적 좋게 나와요."

우리는 하루 종일 여러 가지 방법을 가르쳐 준다. 정말 힘든 계산과 방법을 가르쳐 준다. 모든 방법을 알아야 사고력과 문제 풀이 능력이 생긴다. 그래서 계속 가르쳐 주는 것이다. 애들은 쉽게 쉽게 풀기만 하려고 한다. 다 천재까지 만들어야 한다.

열심히 하던 학생은 웃는다.

집으로 돌아오는 길 버스에 오른다. 버스는 만원이다. 언제나 바쁘게 사는듯한 동네이다. 언덕이 많은 이 길에서 앉으면 훨씬 편하다.

자리에 앉는다. 사람들은 다 휴대폰을 본다. 자신도 휴대폰을 본다. 사람들이 열심히 휴대폰을 본다. 자기는 쌩하니 휴대폰이 업데이트돼서 앞을 바라본다. 다 힘들다. 자신도 힘들다. 잘사는 사람이 많은 강남신축으로 향하지 않는다.
모두 행복한지는 모른다. 그저 계속 자기의 길을 가는 것이다.

014

'어두운 기운을 넘어 어둠의 끝을 맞거라, 그것이 최후인 편이 좋지는 않은가.'

지일은 문구를 만든다. 문구를 하나하나 꾸민다. 정말 잘 만들어서 게임 대사를 만들고 있다. 공부는 거의 안 했으나 재밌는 책은 많이 본 지일은 조금은 글이 서툴러도 잘 쓰고 있다. 마음에 든다는 부장의 말이다.

"잘했어. 이 정도면 괜찮아."

괜찮다는 부장의 말에도 계속 대사를 만든다. 게임 회사에서 팀장급인 지일은 하루 종일 어둠과 관련된 대사들을 쓰는 것이다. 대사를 쓰며 정말 멋진 재밌는 스토리를 쓰는 것이다.

하지만, 일이 안 될 때는 허망하다.
일은 정말 힘들게 굴러간다. 유치하고 재밌고 이목을 끄는 대사를 생각해야 한다. 정말 힘들다. 지일은 노는 법을 잘 안다. 그러나 지일은 대사를 쓰는 법은 잘 모르는듯하다. 정말 열심히 써도 그렇게 멋진가, 갸우뚱하며 정말 열심히는 쓴다.

그런 일을 하며 정말 열심히 만들어지는 이 문학도 아닌 게임의 세계가 정말 희한하게 만들어진다.

전부 다 읽어보더니 부장이 말한다.

"더 못해?"
"네 부장님."

웃으며 말한다.

다시 자리로 가서 게임을 만든다.

015

목동은 너무 부자이다. 자신을 찾는 첫 단계(initiate)를 지나 자신을 임베드(embed)하는 그런 단계도 지나간다. 하지만 좋은 가치를 만들지 못한 듯하다. 그냥 돈만 벌고 쓰는 부자인 듯하다.

더 없이 회사를 올라가려고 수를 쓰고 해내고 하였다. 그러나 돈은 더 이상 중요치도 않다. 막 쓰는 데 부족함이 없기 때문이다. 그러나 자기 가치를 만들지 못했다. 자신의 가치는 그 안에서 발견을 해야 한다. 그것이 고민이다.

더 최고의 가치를 이룬 멋진 사람들이 있다. 뭐 L사 나 Do사 같은 회사의 회장님들도 모두 최고의 가치를 찾았을 것이다. 하지만 이사인 목동은 아직 돈과 직업의 좋은 점 말고는 찾지 못한 듯하다.

어떻게 해야 할지 그것이 고문이다. 자신은 깨끗하고 열심히 살아왔다. 자기도 가치 실현을 할 수 있다. 확신이 있어야 한다.

한가지 희망은 능력과 가치 재능이 뛰어난 일을 하고 있다는 점이다. 자신의 성숙함을 이룰 수 있다는 점이다.

힘든 만큼 성숙해지는 법이다.

016

희망과 현실의 괴리는 현실에서 나는 희망이 거의 다 못 이루어진다는 점이다. 정말 대단한 사람도 희망은 다 못 이룬다. 이상에서 나오는 희망은 누구나 가질 수 있어도 다 갖지는 못하는 술 한잔으로 넘어가는 호프가 아닌 호프(hope)이다.

한 번, 한 번의 발걸음을 지독히 옮긴다. 그러다 보면 얻을 수 있는 새로운 희망과 새로운 이상세계 그것을 어렵게 맞추어 가다 보면 어느새 훌쩍 커 있을 자신.

새로운 세상에 대한 기대와 현실의 상황이 새롭게 우리를 생각하게 한다. 우리는 정말 열심히 공부한다. 희망은 애들에 있다. 그리고 현실은 돈 500에서 나오는 비싼 월급에 있다.

열심히 공부하는 우리는 애들을 한 명 두 명 키우며 희망을 쌓는다. 점점 더 힘들어지는 학원 운영에도 열심히 할 뿐이다.

인플레이션의 공포, 여성부의 존립 등 여러 가지 사항에 대해 말해

준다. 아이들은 그것을 들으며 큰다.

"인플레이션은 말이지, 나라에서 돈을 뽑는 건데 그것을 항상 뽑아. 그럼 부가 유지를 시킬 수는 있는 거야. 근데 신용이나 전쟁에서 마구 돈을 뽑아, 베네수엘라 멕시코 등 파산까지 경험해 20억에 물 한 잔 살 수 있는 그런 극심한 인플레이션이 오고, 그럼 정말 힘든 수술을 해야 해. 그것을 다시 돌리는 그런 일들 말이야. 지금 극심한 인플레이션이 온 것도 러시아발이지만 정말 몇백 배 뛰는 일이 러시아에는 일어날 수도 있지만 우리의 지금 현 상황도 그렇게 뛰어나게 막을 수 있는 것은 아니다. 우리 물가도 200퍼센트 뛰더라도 엄청난 가계 손실이 오거든 그런 걸 잘 생각해 보아야 해."

애들은 듣다가 몇억 배에 놀란다. 몇억 배에 돈이 폭락하면 어떻게 되는지 물어본다.

"아주 망한 거지. IMF보다도 나쁜 역사적인 실패를 하게 된 거지."
"그런 데서 물건을 팔아야 해요."

애들은 말한다.

"그렇지. 무한대만큼 벌겠지. 그런데 그럼 화폐를 고치거나 뭐 다른

유동책을 연구해서 화폐 공사에서 일을 해야지. 그럴 경우 10,000대 1로 교환해주거나 그런 억수의 일이 생기지. 사회 배울 때 잘 생각해 봐."

어린 착한 모습을 가진 학생이 묻는다. 후드티 입은 학생은 뒤에서 잘 듣고 있다.

"집에 언제 가요?"
"오늘은 여기까지. 집에 가자."

017

지일은 힘들게 글을 쓴다. 정말 힘든 글쓰기이다. 작가만큼 힘들지는 않아도 게임 팀에 최선을 다해서 참여해야 한다.

어릴 때 찾던 이상향과는 다르다. 그냥 열심히 재밌게 살면 된다고 생각했다. 그렇게 N회사에 들어온 후 정말 열심히 직장생활을 했다.

뭐 배운 자만 하는 그런 일들은 너무 힘들어서 하지 못했으나 매일 하던 게임을 관리하고 만들고 스토리를 쓰는 그런 일은 해도 된다고 봤다. 정말 잘하고 열심히 생활했다.

그러나 직장에서는 더 이상 진급이 어려웠다. 딱 거기까지라는 것이다. 더 이상 승진할 수 없다는 사실은 충격적이지 않다. 그러나 더 많은 미래가 없을 거라는 사실이 조금 힘들다.

오래간만에 회사 카페에서 음료를 마신다. 차를 캐러멜 마끼아또를 시켜 맛있게 먹는다. 맛있게 먹는 그 음료수는 달기만 하다. 정말 맛있게 먹는다. 시럽을 많이 뿌리는 것이 카페들의 제조법이다. 그렇게 많이 뿌리고 시원해야 정말 맛있다. 잘 젓는 것도 필수이다.

   한잔 마시고 있는데 앞의 임원진이 지나간다. 그들을 부러워할 뿐이다. 그래도 꿋꿋이 남은 음료를 마시고 자기 일을 생각하며 앉아 있다. 인사를 한다. 아는 사람이다. 그리고 다시 일을 시작한다. 최선을 다해서 꿈을 이룰 수 있게 막히더라도 계속 일을 할 뿐이다.

018

    포장마차에서 친구 둘이 만난다. 지일과 우리이다. 둘은 인사를 하고 빨리 앉아 빨간 오뎅과 우동 두 그릇을 시킨다. 둘은 소주를 깐다. 소주는 정말 독하다. 맥주가 훨씬 오래 많이 먹을 수 있다.

    포장마차 주인은 바쁘게 움직이며 여러 분식들을 만들어 낸다. 지일은 보고 있다가 정말 잘 썬다고 말한다.

    우리도 뭐 그렇게 잘 썰어도 되냐 이런 식으로 말한다.

    음식이 나오고 둘은 술을 마시며 대화를 한다.

    "다 필요없어, 그냥 죽어라 붙어서 죽어라 하는 거였어. 끝까지 올라가려면 그랬어야 돼."

    지일이 속이 상해서 말한다. 우리도 듣다가 동조한다.

    "우린 더 위도 없어, 그냥 애들 얼만큼 오는 거 키우는 게 다야."

"그러냐, 그래도 너는 원장이잖아. 서울에 있는 학원의."

그래, 그렇다며 둘은 술을 한잔 더 마신다.

019

술을 마시다가 계속 쓰러진다. 우리는 확실히 술을 못한다. 반병 먹은 술 섭취로 두 병 반을 먹은 지일을 업어다 택시에 태운다.

"잘 가라. 송파역 그 아파트 입구에 내려주세요. 안 깨면 핸드폰으로 전화를 해주세요. 걔네 집이에요."

우리가 택시기사에게 말한다. 택시기사는 별꼴이라며 쯧쯧댄다. 많이 없다. 만취해서 타는 손님은. 다 제정신이어야 한다.

"너는 뭐 타고 가게, 또 버스 타고 가냐."

제정신이 아닌 지일은 웃으며 인사를 한다.

둘은 헤어지고 꽃들이 떨어지며 장관을 연출한다. 정말 좋은 친구이다. 서로에게 말이다.

020

목동은 컴퓨터를 노트북과 두 대를 번갈아 써가며 열심히 일을 한다. 임원실에 배정받은 뒤 넓은 공간에서 열심히 일을 한다. 사원들의 결제를 해주는 게 주로 하는 일이다.

목동은 여의도 같은 63빌딩이 생각나는 그런 대단한 근성을 가진 듯하다. 정말 열심히 일을 하니 사람들도 많이 같이 일하고 싶어 한다. 그런 근성이 있는 듯하다. 그러나 자기의 가치는 발현되지 않으니 말이다.

사람들은 목동을 끌끌 보며 차는 사람이 꽤 많다. 그들이 다 목동의 명성을 깎아 먹는다. 잘난 척과 고집이 제일 싫은 것 중에 하나이다. 그러나 그렇게 잘났어도 타고난 재미와 재치는 있다.

사람들의 욕을 많이 먹어도 끈기와 근성은 있는 것이다.

사람들을 모으더니 이야기한다.

"다 준비됐고. 일도 잘 풀리고. 주말 등산도 갔다 왔고. 모두 최고이니 박수 칩시다."

목동은 말하더니

"모두 카르페디엠."
"카르페디엠."
"맞아요?"
"맞겠지."

다 같이 일을 마치고 퇴근한다. 다 집으로 향한다. 목동은 술을 사 가며 웃으며 술을 아내와 마신다. 아내와 동료 집이 좋은 동주는 성공한 것이다. 목표는 점점 이룰 것이며 자신의 진짜 상을 찾아낼 것이다.

그렇게 목동은 술과 함께 저녁을 보낸다.

021

지일은 집으로 돌아온다. 더운 날이다. 그래서 반팔 티를 하나 산다. 인터넷으로 뚝딱 산다. 조금 비싼 듯한 반팔 티를 사고 좋아한다. 기능성 티셔츠이다. 좀 비싼 것이다.

비싼 옷을 사더니 기분이 좋아져서 오후 PT를 시작한다.

"자 전부 다 모인 것이고 시작합니다. 정말 열심히 준비한 만큼 잘 들어주시고요. 불 좀 꺼주시고 시작합니다."

"이번 게임의 테마는 뭐 RPG며 액션 플레이며 그런 것들보다는 낫습니다. 그러나 지금까지 볼 수 없었던 주제와 신비한 액션 참여형 게임입니다. 좋게 설계했고 많은 참여로 만들어진 그런 게임입니다. 정말 재밌어서 같이 할 만한 스포츠형 액션 게임입니다. 다 같이 할 만한 전체이용가이고 스토리와 액션의 조화로 정말 신선한 돌풍을 일으킬 것으로 기대합니다."

계속 이야기한다.

그리고 끝이 난다.

022

돈의 결과를 합산해보고 있다. 자기들이 한 번씩 은행 계좌를 모아 보고 있다.

"우리 3억 2천."
"지일 2억."
"목동 4억 8천."

내가 이겼네 하며 박수 친다. 목동이 제일 많이 벌었다. 목동은 역시 부자답게 해냈다. 어려운 내기였고 중간에 힘든 일도 있었다. 제일 많이 번 목동은 정말 열심히 하긴 했다. 성실함과 부자다운 실력이 뒷받침된 결과이다.

우리도 의외로 많이 벌었다. 우리는 얼마나 벌었는지 학원 원장답게 돈이 많이 나오긴 하나 보다. 별로 돈 쓴 것도 없이 사니 돈을 억수로 번 것이다.

지일은 열심히 게임 회사를 다닌다. 성과급과 진급은 많이 못 받았

으나 게임 회사가 네임밸류도 있고 열심히 생활한 것이 억대의 수익을
남겼다.

셋은 모두 부자이다. 정말 부자이고 이제 정말 잘 살면 된다. 그런
이제 중년의 남자로 거듭나야 한다.

"야 오늘 술은 제일 비싼 바 가서 먹자."

바에서 옹기종기 앉아 술을 들이켠다. 정말 맛있는 황금 같은 양주
들을 시켜 먹는다. 다 후회와 회한이 있어도 앞으로 나아간다.

"맛있어."
"비싼 건 다른데, 어 빨리 내일 주말이니 하루 종일 마시자!"
"건배!"

아내들과 이제는 새로 나올 아기들을 기약하며 이들은 하루 종일
술을 마신다. 정말 잘되고 앞으로의 과제가 많겠지만 다 해낼 수 있
을 것이다. 정말 잘 살아내는 것이 중요하다.

그렇게 하루 이틀이 간다. 새로운 날들을 다시 희망이 있게 맞는다.
노래가 들린다.

그랬을까 사랑을 해야 함을 믿은 것
사랑이 행복함을 믿은 것
사랑을 믿고 믿어 사랑을

"야, 유년에 불렀던 건데."
"저 때도 행복 아니었나."
"아내가 아니었어, 그때 여친이."

마지막 술을 마신다. 술이 잘 넘어간다.

술을 마시며 웃는다.

한 명 두 명 집으로 돌아간다.

목동은 집에 오니 아내도 자고 있다. 아내를 자게 내버려 둔후 푹 앉는다. 앉아서 일 년 전을 생각한다. 얼마나 오래 흘러보냈는지 정말 재밌었고 힘들었던 과거이다. 과거가 좋을 뿐이다.

과거의 일들을 다 생각한다. 너무 기분이 좋다. 자신의 성공이, 자신의 미래가 마음에 든다. 자신이 하는 일도 어쩌면 모두에게 플러스 되는 일일 수 있다. 자신을 찾는 것은 그렇게 시작된다.

그렇게 행복한 시간을 보낸 목동은 목동에서 하는 뉴스를 보며 하나하나 생각하며 잠에 얕게 든다.

곧 아이를 가질 것이고 곧 더 높은 자리에 설 수 있다. 그렇게 계속 성장해 최고가 되어야 한다.

우리는 조금은 좋은, 그런 괜찮은 집에 온다. 잠을 깊게 청한다. 집의 장신구들이 빛난다. 좋은 집인 만큼 잘 써야 한다.

지일은 바삐 씻고 내일을 위해 잔다.

모두 행복할 수 있는 그런 생활이고 그중 재밌었던 내기이다.

4,000만 원
먼저 쓰기

001

4,000만 원을 번 후, 그 돈을 어디에 쓸지를 생각한다. 4,000만 원이 다 자기가 벌어서 생긴 것이다. 그것을 벌 때는 어떻게 쓸지 모르다가 다 번 후 어떻게 쓸지를 내기하자는 것이다. 어떻게 쓸지 다들 몰라 한다. 그래서 나온 것이 어떻게 쓸지 같이 해보는 것이다. 다들 생각하다가 뭔가를 지르는 게 저금보다 좋다고 판단한다. 4,000만 원이면 모으면 큰돈이나, 제일 좋은 젊은이에게 좋은 차를 사는 게 일단 먼저 당긴다. 그리고 돈을 쓸 곳은 넘쳐나게 많다.

차가 하나 필요한 것은 셋 다이다. 지일, 이이, 대림은 차가 필요하다. 이미 차는 한 대 정도 있다. 그러나 돈이 있다면 필요로 하는 것은 차다. 그래서 차를 사려고 다 생각한다.

"다 차 살 거지?"
"차 사자. 넌 있잖아. 국산 차 싸게 산 거."

대림, 준일, 이이는 셋이 차에 관해 이야기한다. 한참을 차에 관해 이야기한다. 누구나 차를 좋아한다. 그리고 좋은 차를 사는 것은 꽤 한정적이다. 그래서 차를 정말 좋아한다.

"차가 그래도 전기차를 뽑거나, 하이브리드같은 괜찮은 차를 뽑는 게 좋은 거야."

대림이 이야기한다.

"지하철, 버스는 진짜 지긋지긋해. 거기 가는 게 목적지나 중간이 아니라 처음과 끝이야. 모든 힘은 다 거기서 써. 힘이 다 빠져서 회사 들어가니."

대림이 계속 이야기한다.

"버스는 좋지."

이이가 바로 아니라고 말한다.

"버스는 지옥도 아니야. 먼 데서부터 오는 거는 3번 지나쳐도 못 탈 때가 많아. 그런 거 몰라 왜."

대림은 바쁜 출근길뿐만 아니라, 퇴근길도 안다. 퇴근길은 버스를 아예 못 탄다. 너무 껴서 가고 그것도 위치를 잘 차지해서 잘 들어갈 때 만이다. 늦게 들어가다가는 못 탄다. 위치 싸움을 잘하는 사람이 있다. 그렇게 들어가야 한다.

준일은 말한다. 똑똑한 준일은 웃으며 말한다. 동네가 사는 곳이 비슷하다. 직장은 다 달라도 말이다.

"아 그거 거의 못 타는 거야. 3332 말이지. 그거 아예 안 타져. 중심부를 지나고 와서."

준일은 화가 나서 말한다. 거기서 타다가 화난 것이 떠오른다. 아주 퇴근 시간 6시에 만원 버스를 겨우 탔는데 환승지점에서 못 갈아타서 한번 뒤로 가고 거기서 못해서 헤매다 8시 50분에서야 집에 온 기억이다.

"아예 못 내리는 경우도 있어. 아 그거 안 내려주대. 내려달라니깐. 그런 지옥을 벗어나려면 외제 차 밖에는 없어."
"국산 차는 왜 안 되는데?"
"국산 차는 아무것도 아니잖아. 제네시스 빼고."
"그렇긴 해."
"뭐가 그렇긴 해. 국산 차만 타는 사람들 많아. 돈 있어도. 멋진 국산 차 많아."

그럼 4,000만 원으로 뭐 살지를 정하고 있다. 전부 다 생각해본다. 3,000만 원이면 그랜저이다. 4,000만 원이면 폭스바겐 벤츠가 가능하다. 전부 다 생각을 좀 하면서 커피를 한잔씩 마시다가 말한다.

"너도 폭스바겐이냐."
"그것부터지."
"BMW 사자. 4,000만 원 모은 걸로."

전부 다 조금씩 웃다가 검색한다. BMW는 7,000만 원이라서 다 마음을 접는다. 그럼 뭐가 가능해 묻다가 벤츠 a 시리즈가 가능하다며 그것 한번 보자고 한다.

그러다 대림은 다른 생각을 한다.

"나는 4,000으로 적금 들어서 이자만큼만 쓰련다. "

다 신기해하다가 묻는다. 얼마 나오냐고 묻자 10만 원은 한 달에 나온다고 한다. 고금리라 말이다. 그게 낫다며 다 그렇게 하려다가 한 명이 삐뚤어진다. 전부 다 차와 옷으로 바꾸려는 것이다. 그는 이이이다. 그게 남는 것이고 잘사는 법이란다.

그렇게 커피를 마시다 헤어진다.

커피를 하루 종일 마신다. 5,000원이란 값은 아주 쉽게 쓰이는 값이다. 그렇게 많이는 쓰지 않는 돈이다. 돈을 아끼는 법은 5,000원짜리 티셔츠를 하나 안 사는 것이다. 또 더 쉽게 아끼는 법은 택시를 10km를 주행하여 12,000원을 쓰지 않는 법이다.

큰돈을 벌려고 돈을 아낄 때가 있다. 대충 500만 원을 모을 때 10개월이 걸렸다. 그러나 그 돈은 그렇게 큰 쓰임새가 없었다. 10개월간 돈을 절약하여 500만 원을 모아 차에 쏟아부었기에 그 돈은 별로 큰 활용이 되지 못했다. 300만 원 더 싼 차를 사는 게 더 유리했다.

그렇게 계속 돈을 아끼며 자기 주머닛돈이 구실을 하게 굴리는 것이 정말로 중요할 것 같다. 돈이 정말 중요하더라도, 점점 좋아지는 물건들만큼 좋아야 하는 것은 물건에 대한 애착이나 풍요와 부 아닌 중요한 상류층 같은 행복과 사랑을 챙겨야 함을 잊어서는 안 된다.

다 같이 다시 4,000만 원을 잘 쓰는 내기가 시작된 것이다. 누가 이길지는 모른다. 정말 잘 쓰는 사람이 있을 것이다.

002

지일은 명품 시계에 꽂힌다. 정말 멋진 시계라 정말 마음에 든다. 그것을 한번 보러만 간다. 물론 보러 가다가 사게 될 것이다. 멋진 시계를 사려는 것이 가장 끌리는 것이다.

지일은 롤렉스 시계를 3,000에 지르려다가 중고 롤렉스 가게를 간다. 금은방에 가면 롤렉스를 판다. 롤렉스 매장인 백화점 명품 매장에 가도 된다. 하지만 금은방에도 판다. 얼마에 파는지는 모른다. 한번 가본다. 3,000은 3,000만 원을 뜻한다. 정말 비싸서 어떻게든 소유하는 게 꿈일지도 모른다. 그러나 3,000만 원은 너무 비싸다. 그리고 중고가도 정말 비싸다.

금은방에서 사기 위해 금은방으로 들어간다. 궁금한 마음에 묻는다.

"이거 제일 상태 좋은 거죠?"
"네, 맞습니다."
"2억짜리인데 2,000에 드립니다."
"아이고, 2,000이요?"

"더는 못 깎아 드립니다."

초록색 동그라미 속에 든 금색 시계는 영롱히 빛나는 듯 하다. 거의 갑부의 상징이다. 그런 것을 보고 있다. 지일도 못산다. 너무 비싸다. 40만 원이면 사려고 왔는데 2,000이다. 더 싼 것을 물어본다. 이것보다 싼 베이직 데이저스트 시계는 얼마냐고 묻는다.

"800만 원에 조금 파손된 게 있습니다."

보여준다. 조금 많이 파손됐다. 만족이 안 된다. 너무 옛날 것이고 부서졌다.

"아, 이거는 50만 원에도 못 사겠는데."
"저희도 그렇게 싼 것은 없습니다."

그렇게 밖으로 나온다. 정말 비싸다. 이렇게 비싼 건 본 적이 없는 것이다. 롤렉스 금색 시계부터 은은한 회색, 그리고 그다음 비싼 오메가 시계를 본다. 오메가 시계는 롤렉스보단 싸지만 고급스러운 그리고 꽤 고가인 좋은 시계이다.

"오메가 시계 보여 주세요."

"아 정말 롤렉스보다는 싸게 드립니다."

"보여 주세요."

"아, 정말 좋네요, 이거 200만 원까지 살게요."

"네 맞습니다. 가격이 그 정도 합니다. 여기 이 오메가 타임 위치는 정말 비싸고 좋은 시계입니다."

은색 시계를 사서 나온다. 정말 잘 샀다고 좋아한다. 계속 좋다. 200만 원은 계속 좋다. 자기가 산 그 시계를 정말 아끼며 가져온다. 기스가 날 수도 있다. 그래도 계속 차야 좋은 그런 시계이다.

친구에게 얘기하니 오메가는 중고 말고 진짜로 사라고 한다. 그리고 그 산 가격이 새것과 똑같단다.

"아 그 아저씨 이런 걸 주냐. 이거 내가 검색해보니까 500만 원이 정가이고 헌 것은 100에 팔길래 산 건데, 그냥 오메가 컨스트래이션 이런 거 300에 사는 거네."

"그러라는 거야."

"샀으니 바꿔주지도 않을 거고, 어 그냥 이거 써야겠네. "

말을 하고 이미 시계에 중독된 것이다. 정품 가게를 향한다. 가짜가 아닌 정말 비싼 시계를 찾으러 간다. 다 새것이며 정말 멋진 시계를 파는 백화점 내부에 있다. 거기로 들어간다.

"좋은 거 한번 보여줘 봐요. 메탈이나 골드로요."

아저씨는 보더니 보여 준다.

"이런 거 3,000만 원이고, 더 좋은 거 보여드릴까요?"
"헤엑. 이것도 3,000이요? 500 밑으로 없어요?"

003

    지일은 그렇게 기가 죽어서 돌아온다. 통장 잔액을 확인하고 다시 눕는다. 누워서 자기가 산 시계나 아끼며 본다. 그걸로 만족하며 그냥 잔다. 꿈에는 롤렉스를 사는 꿈을 꾼다. 정말 멋진 시계를 바라보다가 일어난다. 골드 롤렉스는 정말 멋지다.

    다시 일어나서 세수를 한다. 비싼 치약을 쓰나 그렇게 신통치는 않다. 명품 칫솔이란 것도 있다. 그런 것은 그렇게 비싸지는 않으나 잘 안 판다. 그런 옛날 가진 명품 칫솔의 솔이 많이 달았다. 그래서 이제는 롤렉스 시계가 더 눈에 아른거린다. 명품의 향수이다. 롤렉스를 사기 위해 다시 씻고 간다.

    지일은 일어나자마자 4,000을 준비한다. 할부로 100씩 20에 나눠서 사려는 작전이다. 2,000의 롤렉스를 사는 것이 모든 것을 충족시킬 정도로 좋다. 써보면 알 것이다. 얼마나 좋은지 말이다.

    롤렉스 동그란 테두리가 화려한 것은 요즘 나오는 추세라고 생각한다. 그리고는 옛날 클래식한 시계를 찾는다. 그것을 한번 사보려고 보여달라고 한다. 옛날 클래식하고 빈티지 느낌을 주라고 한다. 일단 자리에 앉아서 팜플렛을 보다가 이것은 뭐냐고 묻는다.

"이런 것은 너무 비싸서 못 팝니다."
"얼마길래?"
"4억 5,000만 원이요."
"아, 4,000으로도 안되는 게 있네요. 4,000만 원 여윳돈이 있어서 사려는 건데, 거기에 맞춰 주세요."

직원은 귀가 쫑긋해지다가 머리를 굴려 잘 안 팔리는 3,500만 원짜리를 보여 준다. 억대 시계에 깜짝 놀란다. 가격은 정말 끝이 없다.

"와 좋네요."

가죽이고 특이한 듯 색과 문양이 들어갔다. 롤렉스가 떠오를 만한 그런 시계이다.

그리고 그것을 사고 나온다. 얼마나 행복한지를 모른다. 바로 착용하고 집으로 온다. 집으로 돌아와 여기저기 옷을 입고 돌아다닌다. 미친 듯이 돌아다닌다. 사람들이 쳐다볼 때 작게 입으로 말한다. 롤렉스. 라고 말이다. 그러니 와 하고 부러워한다.

비싼 그 시계는 가죽이고 멋진 시계이다. 친구 셋에게 자랑한다. 자기는 롤렉스 시계를 샀다고 말이다. 그러니 그들은 말한다.

"그거 아니야. 미친놈아. 그런 거 사면 망하는 거야."
"네가 이걸 알겠냐."
"야 빨리 바꿔 와. 미친놈아, 뭐하냐."

안 바꾼다고 계속 말하는 것을 애들이 화를 내며 바꾸라고 한다. 그건 미친 짓이라는 것이다. 3,500만 원이다. 그래도 자기는 이 멋이라고 산다.

양복에 입어보며 흐뭇해하며 앉아서 쉰다. 그렇게 4,000만 원을 썼다. 지일은 말이다.

004

대림은 온갖 궁리를 다 해본다. 연금, ETF, 주식 등 다 머리를 굴리다가 저금을 해놓기로 한다. 얼마 나오냐 물으니 20만 원 정도 나온다고 한다. 그래서 그렇게 하기로 한다. 정말 짭짤한 돈이다. 그 정도 나오는 거로 생활비를 하려고 한다.

은행에서 추천을 해준다. 4,000만 원은 절대 써서는 안 된다고 이야기해 준다. 재산으로 남겨야 한단다. 그런 돈은 아예 한 번이라도 쓰면 안 된다. 그러나 자동차가 갖고 싶은 것은 어쩔 수 없다.

그러곤 자동차를 구경하러 가본다. 가니 벤츠부터 볼 수 있다. 4,500만 원에 파는 벤츠를 본다. 와, 정말 멋지고 갖고 싶다. 그러나 더 멋진 것은 2억 3억 이렇게 나간다. 그런 것들이 정말 멋있고 취미를 당긴다.

멋진 벤츠를 보고 좀 비싸다 느끼더니 BMW를 보러 간다. BMW는 정말 멋지고 어쩌면 벤츠보다 좋은 차일 수 있다. 옆 건물의 BMW를 가니 정말 멋진 차가 전시되어 있다. 푸른 빛을 내는 멋진 세단이 있다. 얼마냐고 물으니 7천이라고 대답해준다. 한번 타고는 너무 비싸다고 더 낮은 사양을 보여달라고 한다.

더 낮은 사양은 해치백이 되어 있는 자동차이다. 별로 안 좋으나 BMW에 이어서 좋다. BMW의 영롱한 빛깔을 보다가 다른 매장으로 이동한다. 정말 멋지나 너무 비싸다. BMW는 그런 자동차이다.

점점 사람들이 많아질 무렵 폭스바겐으로 들어간다. JETTA, PASSAT은 살 수 있다는 것을 알고 있다. 그러나 풀 사양은 꽤 비싸서 3,600가량 내야 하는 것을 알았다. 첫 차라는 것을 알아야 한다. 첫차는 낮은 것을 사는 것이 좋은 선택이다. 첫차부터 외제 차를 사면 엄청나게 욕먹는 것, 그것은 경쟁력이 아닌 사치일 수 있다.

폭스바겐에서 나와 값이 상대적으로 싼 현대차를 가니 1,500만 원부터 4,500만 원까지 그 정도의 좋은 차들이 있다. 그래서 그냥 투싼 같은 차를 사려고 보니 3,000만 원이다. 이것을 사는 것이 멋있기도 하다. 투싼이 아주 잘 나왔다.

"이걸 많이 타나요? 너무 좋긴 한데 첫차로 좋나요?"
"예 정말 많이 사갑니다. 1년 동안 현대 차 중 5번째로 많이 팔린 차입니다. 첫차로 제격입니다."

얼마나 할인해주나요? 라고 물으려다가 밖으로 나온다. 그리고 다시 생각한다. 외제 차가 정말 좋으나 딱 맞게 살수도 있긴 하나 첫차로 외제 차 벤츠 같은 것을 지르면 끝일 것이고, 폭스바겐 어느 정도 사양까지 살 수 있으나 정말 나쁜 선택이 될 수 있다. 그리고 현대차가 딱 좋으나 너무 좋지는 않으니 어쩔 수 없이 다시 한번 더 곰곰이 생각해 본다.

친구한테 물어본다.

"차 외제 차 질러도 되냐?"
"미친놈아. 그냥 국산 승용차 사. 고민 말고."
"나도 그런 것 같다. 그렇게 사야지."

그리고 4,000만 원 하는 현대 승용차를 사러 돈을 가지고 간다. 돈을 갖고 하나 사려는 것이다. i50를 한 대 사려고 간다. 바로 계약하고 전시용 차를 받아서 온다. 출고일을 기다리지 않고 바로 받아서 집으로 가져올 수 있는 차이다. 그런 것들은 조금 더 저렴하며 바로 받을 수 있어 좋은 그런 차이다. 전시용 차를 받아서 집으로 돌아온다. 차는 자기 차이면 예뻐 보인다. 세 달은 만족하며 쓴다.

005

마지막 4,000만 원을 가진 이이는 일어나서 잡지를 본다. 전자 제품을 사려고 한다. 노트북, mp3, pad를 사려고 한다. 1,000만 원에 일단 그것을 3개를 산다. 정말 좋다. 돈이 들고 나머지 돈은 이제 전자 유니크 아이템을 지르는 것이다.

비싸게 나오는 것이 있다. 그런 것을 산다. 그래도 돈은 얼마 안 든다. 그리고 그 나머지 돈으로 월세를 사려고 한다.

월세는 1,400- 100정도 나오면 3, 40평을 살 수 있다. 혼자 집을 사서 거기서 살려는 그런 엄청난 수작을 벌이려는 것이다. 그렇게 3년을 월세 살 수 있는 돈이다. 바로 부동산을 여기저기 다닌다. 그리고 1,000- 100, 500- 200, 300- 50 등 여러 가지 조건을 본다. 그래도 다 살 만하다. 20평 이상의 아파트를 구할 수 있다.

지방으로 눈을 돌리면 엄청난 종류의 아파트를 볼 수 있다. 정말 멋진 아파트가 많이 판다. 여러 종류의 아파트를 마구 보고 다닌다. 정말 좋은 아파트도 많이 있다.

그리고 1500- 150을 산다. 30평이다.

"파네라이, 루이뷔통, 구찌 이런 거 시계도 150에 하나 사련다. 전자 제품도 에어 드레서 하나 더 사련다."

파네라이 시계를 사러 매장에 간다. 백화점 파네라이 매장은 너무 비싸다. 1,000만 원부터 시작하는 파네라이 시계에 겁을 먹고 돌아간다. 루이뷔통은 시계를 하나 사려는데 정말 적정가이다.

적정가의 루이뷔통 시계의 가격은 100만 원이다. 그것을 사려고 돈 계산을 한다. 돈 계산이 너무 적절하다. 딱 100만 원 정도 사도 된다. 그래서 사려고 한다. 직원은 사나 안 사나 처다본다. 어쩔 수 없이 돈을 꺼낸다. 그리고 하나 산다.

갈색 문양이 아름답다. 그런 것을 하나 산다. 럭셔리 제품 중 몇억 대 가는 제품이 비싸고 사고 싶다. 그러나 4,000만 원도 거의 끝을 바라보는 명품이다. 그래서 사고 싶은 것을 웬만큼은 다 살 수 있는 것이다. 하지만 몇백만 원의 시계는 거의 보물처럼 쓸 수 있다. 그런 것을 사는 것이 오히려 몇천만 원짜리보다 더 좋을 수 있다.

그렇게 돈을 마구 지른 후 그는 부자같이 살게 되었다. 세 명이 정말 돈을 마구 쓰는 졸부같은 일이 일어났다. 이제부터 그들을 응징해야 한다. 그들이 번 돈을 쓰는 것이나 그렇게 다 망쳐야만 평화와 정의이다. 고생은 지금부터 시작이다.

롤렉스를 산 지일에게 빚 독촉장 3,000만 원이 온다. 어디서 온 것인지는 모른다. 순식간에 0원이 되어버린 자기의 사정에 의해 망하다시피 상황이 안 좋아진다.

006

"아, 이게 뭐야. 3,000만 원을 더 내야 한다고? 그 제품 환불해야지."

환불을 받으러 백화점으로 달려간다. 쏜살같이 가는 것이고 백화점에 무엇을 사러 가지 않을 때와 사 오지 않을 때는 약간 춥다. 그렇게 환불하러 가니 점원이 이미 쓰서서 탭을 제거했고 1주가 지났다며 환불해주지 않는다고 한다. 중고로 처분해줄까 묻는다. 그래서 얼마냐고 했더니 50퍼센트 가격이란다. 그래서 그거라도 해달라고 말하려다가 고민 좀 해보겠다며 손님용 의자에 앉는다.

"4,000만 원짜리였으니까 2,000만 원에 해주면 나머지 내라는 3,000은 없애 주세요."

여기서 빚 독촉장이 온 줄 안다. 그러나 여기가 아니다. 점원이 그건 상관이 없으니 자기들에게 그러면 안 된다고 딱 잘라 말한다. 그리고 더 그러면 나쁜 일이 일어날 수 있다고 말해 준다.

"그럼 3,000만 원에 중고가 주세요. 한 10일밖에 안 썼잖아요. 새거나 같음으로 정품으로 팔면 되는데 그걸 왜 안 해줘요. 그 정도가 3,000만 원 아닐까요?"

"어려운데 일단 사장과 이야기해보겠습니다. 지점장이 내일 오시니 그때 다시 방문해주세요."

"아이고, 그냥 지금 해줘요."

돈을 많이 번 만큼 쓸 수는 있는 것이다. 하지만 어렵게 번 돈을 어떻게 잘 쓰느냐가 중요하고, 그 다음은 사치를 하지 않는 것이 중요하다. 사치와 소비가 어떻게 서로의 상관관계가 있다. 소비를 정말 필요하고 아껴 써야 부자가 되는 것이다. 하지만 그렇게 번 돈은 모아도 1억도 안된다고 기억해보면 그렇다.

부자가 되기 위해서는 알뜰히 그리고 실속있게 모아서 부자가 되어야 한다. 10년 동안 용돈을 안 썼으면 30만 원이 용돈이면 5,000만 원 가량 벌리는 것이니 그 돈으로 지방이나 땅 싼 값인 곳에서 하나의 집이나 월세로 들어갈 수도 있는 그런 것이다. 그러나 5,000만 원은 10년간 용돈으로 삼아야 그 돈이 그 돈이다.

실속있게 잘 모아서 돈을 불리는 그런 금융 불리기가 중요한 듯하다. 그렇게 모은 돈을 몇 천 몇 억까지 불리는 사람은 못 본듯하다. 실속 있는 돈을 모아서 부자가 되어야 한다.

번 돈으로 전부 다 쓰는 그런 실망적인 소비는 정말 안 좋은 것이다. 대기업에 다니는 사람들을 보면 잘 쓴다 .하지만 돈을 갑부처럼 펑펑 쓰는 그런 사람은 없다.

지일은 3,000만 원을 쓰고 벌을 받은 것이다. 명품이 부자다움을 만들어 주긴 한다. 정말 부자같아 보인다. 그러나 마구 명품을 지르다 파산에 하는 그런 습관이 들어버리는 사람이 많다. 지일도 한 번의 구매로 망해버린 것이다.

파산에 대비하는 법은 거의 없다. 구제금융 그런 것들이 매우 어렵고 복잡하다. 그냥 파산하면 망하는 것이다. 파산해도 남을 방법이 있을 만큼만 돈을 투자해 그만큼을 버텨야 한다. 3,000만 원을 달라는 그 어려운 요구에 지일에게 남은 것은 자기가 비싸게 산 시계를 중고로 팔아서 그 값을 받아야 한다. 거의 새것이라고 쓰여 있는 중고는 80-90퍼센트의 값을 얻긴 얻는다. 그런데 그게 거래가 되려면 1, 2년이 걸리기 때문에 정말 바로 구하기는 어렵다. 그럼 다음 방법은 귀중품 가게에 파는 것이다. 그 사람들은 절대 제값으로 사지 않는다. 어차피 제값에 팔아야 하기 때문이다. 50퍼센트 이하의 가격으로 받는다.

4,000만 원을 2,000만 원 정도로 만들어 파려는 시도를 지일이 한

다. 이것이 얼마에 팔겠냐는 보석상에 들어간다. 거기에 들어가 거의 새것인데 환불이 안되니 그냥 이것을 80퍼센트로 쳐달라고 먼저 자기가 이야기한다.

진짜인지 알아보고 정말 새것인지도 알아본다. 그러더니 50퍼센트 값을 부른다. 2,000. 그러자 너무 싸게는 안 판다고 하자 2,500을 부른다.

"아, 2,700 어때요. 그럼 진짜 팔고."

파는 이유는 전부 다 부채 3,000만 원을 달라는 금융기관의 채무이행 요구 때문이다. 그래서 어쩔 수 없이 팔려는 것이다.

"2,400."

아 조금만 더요. 3,000이 필요해서 그래요. 라고 말한다.

"알겠어. 2,500 끝."
"2,600 끝."
"네."
그렇게 보석상에 1,400만 원을 손해 보고 2,600만 원을 주고 다시 팔았다. 그리고 그 돈으로 채무를 갚아온다. 400만 원이란 돈은 카드로 일시불로 질렀다. 그렇게 3,000만 원의 채무를 갚으며 웃으며 나온다. 시원하다. 그러나 1,400만 원은 손해 봤다. 다시는 비싼 최악의 시계를 사지 않으려고 다짐을 한다.

그러나 바로 20만 원짜리 시계를 하나 지른다. 시계는 역시 몇십만 원에 사면 그게 최고이다. 그렇게 질러야 한다. 몇십만 원이 제일 귀엽고 좋다. 그 시계를 지르고 하나 챙겨서 집에 온다. 티쏘라는 제품을 하나 지르고 집에 가져온다. 정말 좋은 시계이다. 그 정도 가격에 시계가 가장 좋고 가진 기쁨이 있다.

하루 종일 시계를 본다. 그렇게 지일은 자기만의 행복을 찾고 끝났다. 티쏘 시계가 정말 좋게 보인다. 하루 종일 눈이 시계에 가 있다.

007

대림은 비싼 차를 타고 여기저기 다닌다. 그러다가 차가 바로 고장이 난다. 차가 한강으로 떨어질 뻔했다.

"보험, 다 전화해도 1시간 걸리네."

보험사는 정말 유능한 사람이 가면 정말 쉽게 해결해주는 그런 곳이 있다.

"보험이 그렇게 좋다며 왜 안 오냐."

추위에 빙판길에서 벌벌 떨며 기다린다. 기다리다가 차에 앉아 있는데 기름 냄새가 난다. 기름 냄새에 벌벌 떨다가 밖으로 나와서 있으니 사다리차 같은 차가 와서 온다.

"사고 몇 번째예요. 에이 기름도 터졌네. 끌고 갈게요. 수리비 1,000 깨져요. 보험 50퍼센트 받을 수 있습니다. 여기로 일주일 이내에 차 수리해놓고 기다릴게요. 여기로 오세요."

"고맙습니다."

잘해주는 보험에 감동하고는 돈 걱정에 앞서 고맙단 말을 한다. 돈은 1,000만 원이 수리 비용으로 나올 것이다. 그러나 50퍼센트는 보험이 내준다. 매달 몇만 원씩 낸 값이다. 보험은 정말 잘 처리해주고 비싼 값을 깎아준다. 정말 잘해주는 것이 보험이다.

집으로 온다. 500만 원을 갖고는 수리비로 쓰려고 한다. 누워서 있다가 다른 자동차들을 본다. 자기 자동차만큼 멋진 차도 없다. 그리고 그 차는 구멍 나더라도 계속 차의 구실을 한다. 자동차 구실을 얼마만큼 하느냐가 비싼 차가 되는 것이다.

자동차를 사면서 냈던 4,000만 원이란 큰돈은 어쩌면 젊은 자기에게 너무 비싸고 사치스러운 차일 수 있다. 2500 그정도로 사는 것이 일단 가장 기본이고 첫차로 좋은 것이고 그렇게 하기 때문이다. 그러나 4,000이란 차는 어쩌면 가장 좋은 차가 아니고, 억지로 비싼, 고급스럽게만 보이는 그런 억지 명품 차가 될 수 있었다. 지금 와서 후회하는 것은 조금 싼 것을 사도 어쩌면 편하고 열심히 좋아할 수 있는 그런 차가 될 수 있지 않았나 하는 것이다.

4,000만 원짜리가 깨지고 깨진 차를 수리 맡긴 것을 찾으러 온다.

찾으며 본다. 와 진짜 새것 같네요. 라며 차를 계속 만진다. 그 차는 승용차이면서 밝은 광택까지 나는 새 차로 바뀌었다. 4,000만 원이 생기면 많은 젊은이는 차가 사고 싶을 것이다. 외제 차 말이다. 그러나 착한 2,500만 원짜리 예쁜 차를 타는 것이 가장 좋을 듯싶다.

자기 차를 아껴준다. 그리고 차를 타고 도시 외곽으로 가서 돌아다니다가 온다. 그런 행복을 느낀 후 말한다.

"차 한 대가 이렇게 좋으냐. 비싼 외제 차는 아니어도 된다. 내 차만 있으면 행복이다."

008

이이는 월셋집에서 2년간 살 것이다. 그렇게 150 월세의 집에 살면서 이것저것 좋은 것은 다 산다. 자기 돈 4,000의 쓰는 솔루션은 자기 이율 높은 통장에 넣고 1년씩 이자 받아먹으면서 원금손실 없이 사는 것이다. 그게 제일 좋다고 이이는 말한다. 셋 다 동의한다. 그게 아마 가장 좋은 것이다. 4,000을 모아놓고 용돈으로 이자를 쓰는 게 가장 좋다.

이이는 집이 정말 좋아도 돈이 닳는 것이 불만이다. 그리고 하나씩 사는 명품 가구와 명품 옷들에 돈이 펑펑 쓰인다. 그렇게 월세로 점점 돈이 줄어만 가고 70만 원 정도 하는 가구들에 돈이 조금씩 닳는다.

그리고 이제 남은 돈이 없어진다. 그리고 전세를 살려고 더 모아야 했다고 생각된다. 4,000에 5,000 모아서 서울에 집 전세 얻었으면 4,000 지키잖아. 그걸 생각했어야 하네. 5,000 대출받고 그랬으면 4,000이 안 닳잖아.

지금이라도 정신을 차리더니 2,000만 원으로 최대치로 대출받으러

은행에 간다. 은행에 가니 대출해달라고 묻자 4,000만 원 까지 해주겠
단다. 거기에 억수로 좋아한다. 돈을 허투루 쓰지 않으니 정말 좋은
일이 생긴다며 이야기한다.

그리고 6,000만 원에 용돈 500만 원 더해서 수도권 아파트 전세로
이사 간다. 그렇게 안정적인 전세를 구하고 만족하며 명품들을 아끼
며 마무리된다.

세 명은 각각 시계, 차, 아파트를 제 돈을 전부 주고 샀다. 그리고 그
돈을 모두 써버리고 만다. 그렇게 4,000만 원 내기가 끝났다.

009

친구들이 하나씩 모인다. 안주로 회를 먹으며 앉아있다. 야 왜 횟집으로 불렀어. 돈은 어떻게 하냐. 라며 말하며 한 명 두 명 모인다.

친구들이 자기가 돈 쓴 것을 이야기한다. 이이가 이겼다. 집을 샀다는 말을 듣고 이이가 이겼다. 지일이 꼴등이다. 돈을 다 쓰고 남은 시계도 없다. 다 동의 했다.

이이처럼 집 샀어야 하고, 아니면 용돈 통장을 만들었어야 한다며다 아우성친다. 그랬어야 한다는 것이다.

그렇게 술을 마시며 지일은 충격에 빠진다. 나만 빚 걸린 것이라며 왜 이런 일이 나한테만 있느냐이다. 셋의 자산 가치를 따지면 지일은 20, 대림은 4,000, 이이는 6,500 이렇게 된다. 그렇게 돈을 막 날릴 수도 막 가질 수도 있는 것이다. 결국 중요한 것은 아끼며 명품 같은 것을 잘 안 써야 한다는 것이다.

셋은 술을 한잔하고 이이가 내기로 하고 술을 마신 뒤 계산을 맡기고 헤어진다. 그렇게 돈을 열심히 모아서 부자가 되자며 헤어진다.

　하루하루 쌓이는 행복이, 부도 행복도 같이해야 한다. 부와 행복이 서로에게 도움을 주고 거기서 절약과 씀씀이가 함께 될 때 부와 행복이 같이 온다는 것이다. 그렇게 살아가야 하고 돈을 아끼고 절약해야 한다.

　서로가 보면서 어떻게 그렇게 쓰냐라는 것을 본 것이다. 더 잘 쓰고 적절히 써야 한다는 것이다.

까치 이야기

001

이른 아침 하늘은 매우 밝다. 아침에 소나무 한그루가 서 있는 아침 풍경이 반갑게 하루를 맞는다. 아침은 점점 밝아오고 둥지에 잠든 까치도 일어나 지저귀기 시작한다. 매우 밝은 하늘은 점점 더 좋아진다.

대로의 차들은 늘어만 가고 그것 주변을 돌고 있는 까치는 점점 더 시끄러워진다. 출근길 차로로 정말 많은 차가 지나간다. 까치도 자기 집 주변에서 정말 많이 난다. 하루 종일 움직이는 듯하고 그냥 집을 나무, 옛날 몇천만 원은 하는 소나무의 위층에 사는 까치는 나무를 치면 떨어져 죽을 수도 있을 만큼 높은 소나무에 산다.

소나무를 관리하는 관리공단 사람들은 까치집을 떼어낸다. 그러면 다시 옆이나 위에 짓는다. 정말 태평하게 잘 사는 까치이다.

그러나 까치가 그리 태평한 것도 아니다. 독수리를 닮은 매가 지나 가면 까치는 보복 비행에 나서야 한다. 독수리와 비행하여 독수리를 쫓아야 한다. 가끔 뜨면 매가 포기하고 가줄 때가 많다. 그리고 독수리 말고도 까마귀 같은 덩치 큰 새와 싸우곤 한다.

까치는 기세 좋게 덤벼서 매나 독수리를 쫓기도 한다. 그런 싸움이 있다.

그런 위험도 있고 좋기도 한 그런 곳에 터 잡고 사는 것이 까치이다.

심 교수는 하루 종일 까치만 보다 말다 한다. 내세울 만한 것이 하나도 없는 심 교수는 어려서부터 공부를 열심히 했고 차를 사는 것에 돈을 아끼지 않아 에쿠스를 한 대 산다. 벤츠도 있다. 그런 심 교수는 집 옆에 있는 까치집을 쳐다본다.

까치집은 정말 몸에 좋다는 제비집과는 다르다. 그냥 나무이다. 먹지도 못한다. 억수로 커서 잘라먹을 수도 있을까?하는 기대에는 미치지 못한다. 그냥 나무이다. 제비집이 식용으로 몇백만 원 하는 것과 다르다.

까치집을 보며 나무를 꽝꽝 찬다. 까치 새끼라도 떨어지나 보지만 떨어지지 않는다. 새끼가 떨어지지 않는다. 나무를 올라가 보려고 해도 너무 소나무가 높고 무거운 자기의 몸 때문에 올라갈 수 없다. 소나무는 정말 비싸다. 도끼로 홧김에 쳐버리면 1,000만 원이 날아갈 수 있다.

다시 심 이사는 일어나서 돌아다닌다. 1층에서 쉬는 게 그가 제일 좋아하는 일이다. 심 교수는 하루 종일 1층 벤치에서 쉰다. 벤치에서 쉬는 것이 너무나도 편하고 쉽다. 그런데 까치가 종종걸음으로 돌아다닐 때가 있다. 물론 먹이로 유인할 수는 있다.

까치는 점점 더 잘사는 듯하다. 중성화시켜 알을 못 낳는지도 모른다. 아무리 오래 까치가 짝 생활을 해도 까치의 알은 생기지 않는다. 그렇다고 까치가 늙거나 행동성이 떨어지는 것은 아니다. 심 교수는 하루 종일 관찰하며 본다.

심 교수의 뚱뚱하고 똥고집 같은 생김은 정말로 나쁜 심보라는 것을 가르쳐 준다. 뚱뚱하고 흰머리에 작은 키를 가진 심 교수는 매일 아내가 골라주는 비싼 아이템들을 입는 것 외에는 좋게 보이는 점이 하나도 없다.

하루하루 살며 보는 건 까치집이 늘어가는 것밖에는 없는 심 이사의 무덤덤한 일상은 점점 힘들어진다. 겨우 얻은 아내를 까치 보듯이 쳐다본다. 까치들과 함께하듯 계속 까치를 쳐다본다. 좋은 아파트는 삶을 윤택하게 바꿔준다. 그런데 까치들은 함께 살며 지저귀기 바쁘다.

아파트는 40층의 아주 비싼 한강조망권 아파트로 정말 아름답게 지어놓았다. 정말 비싼 이 아파트에서 정말로 잘 사는 사람만 있다.

전설의 동물 해태처럼. 그런 해태를 키우는 일이 가능하기나 할까. 해태는 정말 강하고 무섭고 전설적이다. 그런 해태는 한 번쯤 다시 세상에 나타나는 것도 가능하지 않을까. 갑자기 나타난 해태가 전설적인 움직임으로 세상을 바꾸어 놓는 것이 가능하지 않을까.

심 이사는 해태에 대해 알고 있다. 길을 가다가 해태를 닮은 10층집의 개를 올려다본다. 엄청나게 큰 듯하고 전설적으로 보인다. 전설에 의하면 커다란 키에 강한 이빨, 전염병을 몰고 다니는 해태는 정말무섭고 강인한 존재이다. 심 이사에게는 해태가 보인다. 아파트에서누가 키우는 듯 해태가 보이는 것이다.

해태의 커다란 얼굴과 사람 허리까지 오는 큰 키와 강인해보이는 발톱은 우리를 무섭고 경이롭게 한다.

강아지들은 좋은 아파트를 돌아다닌다. 귀여운 개가 많아 심 이사는 자신도 개를 키운다. 개를 키우는 만큼 재밌는 일도 없다. 좋은 아파트에는 귀여운 개가 많다.

개들은 산책하며 개미나 풀을 뜯어 먹는다. 그러다가 다른 개들과 만나면 개들과 다투거나 친하게 논다. 그런 강아지들은 정말 귀엽다. 그러다가 만나는 강하고 큰 개들은 정말 보기 싫다. 작은 강아지를 키우는 사람들은 큰 개가 집 주변에 있는 것을 정말 싫어한다.

강아지에게 해태들은 뭘까. 포메라니안이나 시츄들에게 신과 같을 것이다. 이 동네에는 분명 해태가 있을 것이라고 심 이사는 추측한다. 심 이사는 이제 출근한다. 서울 밖 경기도에 있는 10평짜리 사무실로 출근한다.

심 이사는 직장인이다. 직장은 중소기업 이사이다. 이사를 하며 쌓아온 하나하나의 어려움과 기본에 대한 충실로 점점 성공하는 듯했으나 결국은 끝까지 성공하지 못하고 일을 거의 포기한 것이나 마찬가지의 상태로 끝마쳤다.

가끔 자기 회사에 가서 본다. 마치 삶의 굴레가 두려워 더 이상 피할 수 없을 때까지 있다가 나온 자기의 회사가 밉긴 밉다. 그래도 그때가 좋았다는 생각이 쭈욱 든다.

그렇게 심 이사는 하루 종일 앉아 있다가 강아지를 사러 간다. 강아지는 돈이 많으니 100만 원짜리 강아지를 산다.

강아지를 데리고 온다. 푸들이다. 푸들은 사냥개의 친척으로 아주 영리하고 사람을 좋아한다. 푸들은 정말 대단한 개다. 귀엽고 영리하다. 사냥개의 조상이 있다. 푸들이 뛰어다니며 심영우에게 말한다. 제발 저를 뽑아달라고 말이다.

마구 뛰는 동물들 속에 제일 뛰어다니는 개인 푸들을 묻는다. 개 훈련사이자 매장 사장님은 말한다. 이런 개가 정말 비싸고 좋으리라는 것이다.

영우는 묻는다. 이 개 얼마면 돼요. 몇 년 살아요.

100만 원에 10년은 산다고 한다.

개를 품에 앉고는 이 개다, 싶다. 검정색 치와와나 하얀색 퍼그 같은 정말 귀엽기만 한 개도 좋을 수 있다. 하지만 정말 예쁨을 많이 받는 개가 푸들이라고 설명을 듣는다.

푸들을 사서 간다. 푸들을 앉고 4개월 된 강아지를 안고 간다. 정말 귀여워서 웃는다. 훈련도 많이 받아야 한다. 인터넷으로 배워 가르치면 된다.

푸들을 집에 와 풀어주자 엄청난 속도로 뛰어다닌다. 정말 재밌고 빨리 뛰어다닌다. 한가지 고쳐야 할 점이 있다면 제 아빠 발을 무는 것이다. 심영우는 돼지이다. 돼지는 개에 물린다.

심영우는 잠을 잔다. 백화점에 데리고 가야 한다는 생각과 함께 잠이 든다. 백화점에 차려입고 개를 데리고 다니는 사람들이 멋져 보일 때가 있었다. 그런 성공적인 나들이를 만들어야 한다. 개를 잘 훈련시켜야 한다.

내일 아침이 온다. 까치 소리는 밝고 시끄럽고 까치는 별일 없는 듯 똑같이 운다. 영우는 하루 종일 백화점을 돌려고 한다. 하루 종일 백화점에 들어간다. 사람이 많고 적고를 떠나서 목줄을 채우고 강아지와 함께 산책한다.

강아지에게 좋은 목줄을 사주려고 돈을 많이 쓸 수도 있다. 심 이사는 돈은 많은 것이 장점이다. 자기가 회사에서 무너진 만큼 돈이 들어왔다고 봐야 한다. 그런 돈을 써서 마구 부자로 사는 것이다.

강아지와 심영우는 목표가 다르다. 개의 목표는 무엇일까. 그냥 배부르게 있는 것일 수 있다. 하지만 심영우의 목표는 높고 컸다. 해태가 지나가고 까치가 나는 그 빛나는 40층 아파트에서 점점 목표가 희미해진다.

심영우는 하루 종일 걸어 다닌다. 간판과 조명 옷과 구두 모두 지나
간다. 정말 좋은 것들은 입어 보고 만져 본다. 정말 무엇을 찾을지 영
우는 궁금하다.

커다란 목표를 향해 쌓아온 모래성들은 하나씩 무너지고 아스팔트
같았던 자기의 의지는 이미 다 희미해져 버렸다. 그리고 그런 것들은
더 이상 없어졌고 남은 것은 남은 생애와 아이들의 육아와 아내와의
얕은 사랑 밖에는 없다.

계속 뛰는 강아지를 끌고 여기저기를 다닌다. 강아지는 비행기도
탈 수 있다. 좋은 호텔은 안 받아 준다. 백화점은 된다. 그렇게 강아지
를 끌고 하루 종일 다닌다. 돈이 많으니 호텔에 갈 수도 있다. 호텔로
간다.

호텔은 20층이다. 자기 아파트보다 낮다. 아파트의 불빛만 못한 야
경이나 대단히 편하지도 않다. 개는 들여보낼 수 없단다. 개 위탁소는
없다며 어기면 엄청난 벌금을 매길 거라고 한다. 그래서 시무룩해져
서 집으로 돌아온다.

강아지를 함부로 대하는 것은 아니다. 백화점 호텔에 데리고 가는 것 말이다. 강아지도 삐진다. 마치 전설의 강아지처럼 좋아하고 예뻐해 주면 결국 서로가 누이 좋고 매부 좋은 것이다. 아스팔트는 뜨겁다. 그 길을 작은 발로 총총 걷는다. 아지랑이가 보여 비와 구별되지 않는다. 뜨거움과 물, 둘은 공존할 수 없다.

강아지와 심 이사는 환상의 호흡으로 움직인다. 좋은 명품을 하나 산다. 명품을 발견한 것이다. 이거 얼마냐는 그런 물음으로 하나를 고른다. 정말 좋다고 마구 칭찬하며 산다. 명품 티셔츠를 로고 있는 것으로 하나 사고 집으로 돌아오려고 한다. 정말 비싼 명품이다. 그래서 하나만 사고 온다.

강아지에게도 옷을 입히는 호사는 부리지 않는다. 멍멍거리는 것을 배워야 한다. 아내는 돌아온 영우의 옷을 받더니 좋다고 칭찬한다. 아내와 안방으로 들어간다. 아들들은 자고 있다.

강아지는 하루 종일 방안을 돌아다니고 우리 속에서 개들의 신인 대단한 성개와 같이 있다. 대단한 개들같이 뛰어다닌다. 성개는 개들의 어미같이 크고 대단하다. 해태의 연인인 듯한 성개이다.

성스러운 개를 줄여 성개라고 불리는 이 개는 모든 개들을 통솔하는 개들의 종교 같은 개다. 세상의 개를 키우는 성개라고 할 수 있다.

점점 하루는 어두워지고 새벽의 아름다운 1층 정원도 아름다운 조명이 켜졌다 꺼졌다 한다. 저녁 정원은 아름답고 하루 종일 시킨 산책으로 사람이 더 피곤해서 잠이 든다.

002

까치는 신계와 해태를 잇는 듯 허공과 층들을 돌아다닌다. 층들을 보고 40층까지의 높이를 하나하나 구별할 정도로 오랫동안 있었던 까치는 볼꼴을 모두 다 봤다. 까치는 돌아다니며 이것저것을 확인한다. 정말 좋은 까치이다. 나쁜 짓을 하지 않는다.

네 그루의 소나무에 두 채의 집이 있는 까치는 정말로 잘산다.

네 그루의 까치집은 제비집이 아니다. 제비가 사는 침과 식물로 되어 구우면 맛있는 제비집이 아니다. 까치집은 그야말로 아무 가치 없는, 100원도 안 하는 아주 쓸모없는 것이다. 조경사들은 그것을 매년 떼어내려고 애쓴다. 소나무를 관리하면서 아무리 떼어내도 매년 다시 그 자리에 까치가 지어놓는 그런 일이 계속 발생하는 것이다.

심영우는 하루 종일 잠을 잔다. 옛날의 잠은 2시간씩 자며 하루하루 쉬었다. 그러나 이제는 더 이상 시간이 가지 않는 듯 잠만 잔다. 잠을 아껴 잔다. 반대로 되었다. 하루 종일 걸어다니며 살을 빼야 한다. 살을 빼는 것은 그것 보다 잘빠지는 게 없다. 6시간씩 걸어다니는 것

보다 잘 빠지는 것을 못 봤다.

매일 1시간 운동하는 것으로는 부족할 수 있다. 운동을 깊이 있게 하는 것. 5시간을 아주 강도 높은 운동을 하는 것을 의미한다. 그런 것 없이는 근육이 성장하지 않는다. 계속 제자리걸음은 아니나 눈으로 보일 만큼 몸의 변화가 나타나지 않는다.

심 이사는 아침 늦게 일어나 냉장고 문을 연다. 냉장고는 먹을 것이 가득하나 먹고 싶은 것은 없다. 마구 뛰어다니는 개에게 밥이나 한 컵 주고 다시 소파에 눕는다.

60살인 영우는 정말 할 일이 없다. 그냥 죽고 싶을 때도 있다. 그러나 부자임에 사는 듯하다. 부자들은 정말 좋다. 정말 좋은 것 같다. 차 자전거 트랙터 캠핑카 모두 다 있는 심영우는 정말 부자이다.

일소 한 마리만 있어도 부자였던 과거와는 달리 그 속에서 큰 심영우는 돈 있는 것이 다인 줄 안 것이다. 그래서 부자가 되는 것만을 위해 달려온 것이다. 아들도 그렇게 키우고 아내도 그렇게 만족시켜준 것이다. 그런데 남은 것은 아무것도 없는 빈 허공이다.

심영우는 마치 자기가 오른 이사 자리를 아직도 사장이라도 되는 듯 여긴다. 사장이 되었어야 한다. 그러나 사장은 못 된 것이다.

심영우는 개와 논다. 아들은 이미 집을 나갔다. 아내와 딸뿐이다. 심영우는 개와 놀며 하루하루를 보내는 것이 제일 즐거운 일이다. 아내와의 짧게 사랑한 시간 2개월 빼놓고는 아내가 제일 보기 싫은 것이다.

아내는 오늘도 집을 비우고 놀러 간다. 놀러 가는 곳이 좋은 곳도 아니고 강남 먹거리 골목이다. 거기서 놀다가 온다. 강남의 술 문화는 모두 익힌 것이 심영우 가족들이다. 회식하며 그런 것들을 중요시하다가 전부 익혔다.

아내는 집으로 돌아오고 오늘도 싸우기도 싫어 그냥 몇 마디 한 후 같이 TV를 보다가 잔다. TV에는 직장인들이 엄청나게 열심히 사는 치열한 눈빛을 한 주인공들의 잔치가 펼쳐진다. 그런 것에서 영우는 대리 만족을 느낀다.

까치는 집에 있다. 까치는 저녁에 날지 않는다. 집에서 잔다. 까치는 먹을 게 없으면 개미를 쪼아먹으면 된다. 먹을 것은 무한대이다. 독수리나 매한테 싸움을 지지 않고 다른 동네 까치들과 싸우지 않으며 지내면 그냥 만사태평한 것이 까치이다.

까치는 박영우의 집 앞에 아침마다 와있다. 좋지도 나쁘지도 기쁘지도 슬프지도 않은 까치의 존재이다.

003

까치들을 보며 하루하루를 살아가는 심 이사는 오늘도 밖을 바라본다. 밖은 엄청난 경기도가 보인다. 서울에서 경기도 시내가 다 보인다. 40층의 아파트는 점점 더 많아지나 이 정도의 프리미엄도 없다.

이웃 아저씨는 매일 1층에서 운동을 한다. 아저씨에게 묻는다. 아들들은 잘 지내나요 라며 묻는다. 그러자 아저씨는 뭐 잘 키웠으니 알아서 살겠죠. 라며 우문현답을 한다. 아저씨는 나이가 심 이사보다 많은 듯 보인다. 그렇게 말하고 동네를 한 바퀴 돈다.

이웃들이 하루 종일 엘리베이터를 왔다 갔다 한다. 심 이사는 별일이 없다. 점심때 농협에 가서 먹을 것을 아내와 함께 사 온다. 아내는 한 번 갈 때마다 15만 원어치씩 사온다. 온갖 비싼 것을 다 사 온다. 일생 번 돈은 절대 줄지 않는다. 그래서 계속 맘 놓고 쓰는 것이다.

TV를 본다. 국회의원이 있다. 국회의원은 자기 자신을 닮은 듯하다. 나도 국회의원이 아닐까, 생각하다가 그냥 자신을 닮은 박 의원이 너무나도 멋있어 쳐다본다. 저거 나 아니고 라고 말하고 싶다. 화난 듯한 표정과 조금 통통한 얼굴, 그리고 큰 덩치까지 자기와 비슷하다.

그럼 나는 대통령과 닮은 것이니 최고의 가치가 아니겠노.

그렇게 말한다. 그렇게 대통령이었으면 하는 마음이 생긴다. 대통령과 비슷한 자기 외모를 자랑스럽게 생각한다. 자기의 대통령 국회의원이 되는 것이 자기의 자랑거리가 되었다.

국회의원이 국무를 보는 것이 TV에 나온다. 자기가 국회의원이 아닐까, 쳐다본다. 그러나 조금 다른 모습에서, 단념한다.

*

여러 모습을 살면서 바꾸어 왔다. 많은 다른 모습으로 바뀌며 살아온 것이다. 잘생기진 않은 외모, 조금은 부자 같았던 중년, 회사에서 차인 말년의 모습까지 다양한 삶을 살았다. 그런 삶이 어쩌면 아쉽지만 지금 남은 것은 돈밖에 없다. 돈 이후 생긴 것은 아내의 욕밖에 없다.

친척은 의사 변호사 다 있으나 국회의원까지 가는 것은 못 봤다. 국회의원을 많이 못 만나본 것도 아니다. 이사 일을 하면서 이런저런 일로 소개받고 인사하고 오기도 했다.

마지막 꿈은 국회의원이 되는 것 아닐까. 국회의원이 되는 선거에 나가고 싶지만 그것은 아예 현실의 벽에 막혀 있다. 그럼 그냥 TV에 나오는 것을 보며 사는 것이다.

늑대인간이라는 것이 있다. 저녁에는 늑대가 되는 인간으로 정신병과 다한증에 의해 늑대로 오해를 산 인간들이다. 심영우는 늑대인간이 나오는 영화나 보고 있다.

새벽 3시까지 깨어있다. 밖에는 얼마나 위험한 일이 펼쳐질지 모른다. 그러다 가끔 늑대인간의 소리에 깬다. 그것은 강아지도 해태도 아니다. 아마 늑대인간은 해태와 싸워야 하는 운명이 아닐까 싶다.

004

잠을 자다가 깬다. 손에는 야구 방망이를 하나 들고 늑대인간의 소리가 나는 곳으로 간다. 늑대 잡는 데 충분하다. 야구를 했던 심영우이다. 야구 방망이 하나면 달려드는 늑대 한 마리는 잡을 수 있다.

늑대인간 같은 늑대가 아파트 불빛을 거울삼아 뛰어다닌다. 엄청난 속도이다. 엄청난 속도로 뛰어다니는 늑대인간은 털이 났고 이가 크다. 이가 큰 늑대인간은 엄청난 속도로 뛰어온다. 사람들을 부르러 간다. 아파트 요원들이 오고 늑대를 생포한다. 잡고 나니 늑대가 아니라 커다란 개다.

아주 큰 개를 잡은 것이다. 커다란 개가 뛰어다니고 있었다. 이 개는 매우 나쁜 개인 듯싶다. 그리고 커다란 개의 곁을 성스러운 개가 지나간다. 틀렸다는 듯 무시하며 개를 지나간다.

아내와 함께 집으로 간다.

"아따 그거 참, 늑대인간인 줄 알고 까무러치게 놀랐네. 어, 늑대인간이 아니라 개새끼였네."

그리고 자기의 개를 안는다. 내일은 회사원들 모임이다. 내일 모임
을 위해 옷들을 주섬주섬 챙겨 입고 갈 것을 걸어 놓는다.

옷은 명품 YSL같은 셔츠 하나와 하루 종일 입을 만한 편한 바지를
꺼내서 간다.

김대지는 애로우다. 화살을 쏜다고 애로우다. 한국어로 궁사이다. 궁사라서 계속 활만 쏜다. 활만 쏘던 백수, 최대지는 화살 쏘는 것을 자기의 직업으로 여겼고 그대로 굳어졌다. 아마 백수를 피하고 싶어서 화살만 쏘는 백수가 되었을 것이다.

대지는 양궁장으로 가서 화살을 쏜다. 하루 종일 쏜다. 1,000번을 쏘고 집으로 온다. 못생긴 바보 대지는 울면서 화살을 쏜다. 화살을 하루 종일 쏜다.

대지는 비참하다. 마음에 켕기는 게 있는 대지는 하루 종일 1,000번을 총을 쏜다. 총알보다 정확히 날아가는 대지의 화살에 모두가 다 감탄한다. 총을 뚫을 만큼 쏘겠어.

대지의 화살은 끊임없이 날아간다. 모든 궤적에 맞게 날릴 수 있다. 궁수로 총도 쏠 줄 안다. 그리고 대지는 사냥을 다닌다.

대지는 사냥을 하며 돈을 번다. 토끼 같은 것도 비싸게 팔린다. 꿩도 비싸다. 멧돼지도 비싸다. 열심히 다니다 보면 산삼 한뿌리 찾을 때도 있다. 그럼 그 산삼을 맛있게 먹는다.

오늘도 산삼을 보며, 산 더덕을 찾아서 한입 먹으며 돌아다닌다. 그러다가 호랑이를 본다. 호랑이와 마주친다. 눈물을 흘리는 대지를 보고 호랑이는 싸우지 않고 천천히 뒤를 돌아가 준다.

대지의 고통과 무서움은 모두 호랑이의 것이다. 대지는 호랑이를 찾는 사냥꾼이 된다. 대지는 어떻게든 호랑이를 찾아 죽이려고 한다. 호랑이가 너무나도 귀하고 잘해주었으나 호랑이 사냥을 위해 온종일 호랑이를 찾아 죽이려고 한다. 그 호랑이는 정말 신선과 같다.

대지는 오늘도 호랑이 사냥을 나선다. 호랑이를 본 그곳에서 대지는 호랑이의 발걸음을 생각한다. 조금씩 조금씩 호랑이를 찾는다. 호랑이를 찾아서 쏜 첫 화살은 호랑이를 자극하지 못했다. 대지는 뛴다. 어디로든 뛰며 호랑이를 찾는다.

대지는 마을로 내려가는 발자국을 본다. 발자국을 따라갔더니 멧돼지가 있다. 멧돼지를 화살로 맞춘다. 사람들이 놀란다. 저입니다. 라며 멧돼지를 잡아먹는다. 맛있게 멧돼지를 먹으며 산다.

사람들은 말한다. 호랑이를 신성시해달란다. 그런 호랑이가 나오는 곳은 아마 전설이지 실제로 있다는 것이 아니란다. 그런 호랑이를 아껴 달라는 것이다.

까치는 울며 지나간다. 까치가 자꾸만 운다. 까치는 어느 산이건 어느 사람 사는 곳이건 있다. 까치는 울며 호랑이와의 싸움을 말린다.

호랑이를 찾으러 간다. 호랑이는 일반 호랑이와는 다르다. 더 크고 눈이 무섭고 해태와 닮았다. 해태 같은 호랑이를 찾으러 대지는 하루 종일 다닌다.

집에 와서 산삼을 먹는다. 산삼을 혼자 먹으며 아내에게 말한다. 오늘 밤 해태가 와도 내가 죽일 수 있어. 아내는 말한다. 해태 좀 그만 쫓아다녀. 라며 화를 낸다. 화를 내도 대지는 출발한다. 내일 아침 다시 해태를 쫓는다.

006

심영우는 늑대 얘기를 꺼낸다. 늑대라는 것이 매우 무서운 개였어. 라며 모임에서 말한다. 다 듣다가 심드렁해진다. 늑대가 왜 나타나냐고 묻는다. 그런 늑대를 왜 잡으려고 했냐고 또 묻는다. 모임에 나온 몇 명은 심드렁해서는 듣지도 않는다. 그래도 영우는 계속 얘기한다.

시베리안 허스키 같은 개도 아주 강하고 잘 싸운다. 허스키도 정말 귀하고 강하나 그 늑대에게는 되지 않는다고 한다. 아예 더 강한 개를 키우라고 사람들이 말한다. 강한 개는 물고 놓지도 않는다. 그런 습성이 있고 이가 큼지막하고 매우 입의 힘이 세야 한다. 그런 개를 찾아야 한다고 회사원들이 말한다. 강한 개를 키우는 것이 어쩌면 방어가 될 수 있다는 그런 소리이다.

회사원들은 심영우에게 다시 돌아올 생각이 없냐고 묻는다. 그러나 없다고 말한다. 옛날의 영광과 상처 모두 사람들에게 난 것이다. 강아지는 물지만 상처를 입히지 않는다. 강아지가 다시 생각난다. 강아지를 생각하며 차로 가서 집으로 돌아온다.
사람들은 다 육회며 소고기며, 소갈비까지 맛있게 먹고 헤어진다.

그렇게 술 한잔 하고 차로 집에 간다. 음주운전은 이제 안 잡는 듯하다. 맥주 한 잔은 안 걸린다고 봐야 한다.

집으로 오는 길, 성개를 상상한다. 성개가 빠른 속도로 지나간다. 그 개가 정말 강하게 보인다. 그리고 암컷인 것으로 보인다.

지하에서 걸어온다. 1층으로 간다. 까치가 없다. 까치가 없으면 허전하다. 까치를 보며 하루하루 살던 심 이사이다. 심 이사는 앉아있다. 비싼 옷들도 소용이 없다. 그냥 옛 동료들이 부럽다. 일을 다시 맡고 싶다. 심 이사처럼 강인한 사람은 없다는 말을 제일 좋아했다. 그렇게 계속 오르기만 하고 싶었다. 그냥 지고 그만 나갈 때 제일 슬펐다. 아내도 이제 다른 데서 논다. 아들은 다 크더니 밖으로 나갔다.

성개가 뛰어다닌다. 성개가 뛰어다니며 영우를 묶는다. 묶어서 버린다.

꿈이다.

꿈을 꾸고 일어난다. 정말 별의별 꿈이 있다며 웃더니 일어나서 일을 본다. 일을 보는 것은 물론 그냥 신문 읽기이다. 신문에서 자기 닮은 연예인도 있다. 연예인은 온갖 세상을 제패한 듯 잘 생기고 연기 잘하는 가수이다. 연기 잘하는 것을 보고 감탄하다가 자기도 그렇게 잘 살면 된다며 무시하던 가수는 정말로 크게 되었고, 그를 부러워하는 심 이사는 제정신으로 그를 못 본다.

"꿈도 이상하더니 어. 애는 와 이리 컸노."

꿈에서 본 성개마냥 대단해진 이 자기가 무시하던 연예인은 자기를 닮아서 좋아했다가 그냥 점점 커버린 연예인이 되어 자기를 짓누르는 나쁜 악당이 되었다. 꿈의 연예인은 갑자기 적으로 변해서 자기를 누르는 것이다.

꿈과 꿈에서, 심영우는 정신을 못 차리는 듯하다. 꿈속이 얼마나 꼬신지 정말로 심영우의 정신은 어떻게 되는지 그것이 궁금하다.

꿈이 크고 있고, 자기도 스타 CEO에 오르면 어떻게 할지. 그런 것들을 생각하며 일을 해왔다. 자기가 이 정도로 커도 앞으로는 정말 잘 될 줄 알았다. 그런 스타 CEO가 될 줄 알았지만 회사는 매몰차게 심영우를 버렸고 나중의 그 CEO자리는 자기 후배가 차지했다.

꿈이 그렇게 깨진 것이다. 그리고 연예인을 본다. 자기도 어려서 놀면 저 정도였다고 말하던, 그런 꿈들을 다시는 꾸지 못할 그런 불가침의 연예인이 되었다.

007

심영우라는 이름은 심령 우처럼 심령의 우를 가한다는 뜻으로 보일 수도 있다. 심령이라는 것은 아마 지금 보이는 개들의 신들일 것이다. 심영우는 하루 종일 앉아 있다. 체형은 점점 뚱뚱하게 변하고 아무 의미 없는 일들만 생긴다.

그런 영우에게 변화가 있다면 애완견이 정말 귀여운 것이다. 애완견은 정말 열심히 뛰어다니며 그것을 본 영우는 같이 운동하러 다니려고 한다. 운동은 끝이 없이 하여야 살이 조금 빠지나 30분 같이 걷는 것으로는 얼마 빠지지도 않는다.

계속 운동하는 듯하더니, 개에게는 엄청난 운동이 되는 산책이다. 개는 점점 야위어 가고 영우는 점점 살찌어 간다. 그런 개가 지나가는 듯, 성개라는 개의 신비로운 모습은 점점 더 다가오는 듯하다.

영우는 점점 신기해한다. 포켓몬스터에서 나오는 세 마리의 전설의 포켓몬이 마치 해태와 성개를 닮았기 때문이다. 그 개를 잡는 것처럼 어려운 것은 없었다. 그러나 이 포켓몬스터와는 다른 이 현실 속은 점점 더 신비롭고 어려운 신성시 되는 개들이다.

자기의 개를 본다. 자기의 개는 성개를 개들의 어머니 정도로 보는 듯하다.

산책을 하다 돌아온다. 심 이사는 다시 회사로 돌아가지 않을 것이다. 개와 함께 행복하다. 좀 더 자신 있는 것을 하고 싶다. 구의원으로 한번 선거에 들어가고 싶다.

"같이 어드바이스라도 해줄 수 있겠습니까? 의원이 되는 법 말입니다."

영우는 전화하며 말한다. 전화를 하는 것은 아는 의원이다. 서로에게 물을 것을 묻는다. 20분 통화하더니 끊는다.

"될 수도 있겠어."

영우는 웃으며 밥을 먹으며 말한다. 아내도 조금 좋아하는 듯하다. 아내의 마음은 거의 없어졌으나 조금이라도 좋아하고픈 정도의 마음은 다시 생긴다. 서로 좋아하며 만나고 싶다. 서로의 사랑이 있었던 10년은 정말 돌아가고 싶다. 10년 동안 정말 서로를 좋아했고 의지했다.

영우는 다시 일어나서 일을 시작한다. 일은 일단 언론을 하며 구체

적 사업에 관한 일을 하는 것이다. 그렇게 다시 일어날 심 이사이다.

그렇게 하루하루 놀았던 날들을 저버리고 다시 일어서려고 하는 것이다. 그렇게 되기 위해 정말 열심히 사려는 것이다. 개들이 뛰듯이 한번 다시 열심히 뛰어보려고 하는 것이다.

다시 뛰어보려는 순간 이제 밖으로 나간다. 밖에서 일을 보러 나간다. 팀원들을 찾고 다시 서보려고 한다. 원래 정말 잘했다. 중견기업 이사였다. 정말 잘했다. 최고의 일을 할 수 있는 사람이다.

당원등록을 하고 지지를 받을 수 있을 만큼 스펙과 화려한 일 능력에 관한 서류를 넣는다. 그러자 3일 만에 전화가 온다. 보수신당 후보자로 등록이 되었단다.

"됐네요. 최선을 다해봅시다."
"같이 해 봐요. 제가 꼭 해낼게요."
"후보자님, 최선을 다해주세요."

심영우는 다시 일어난다. 그리고 개가 뛰어다니는 거실을 보다가 다시 옛날 동료들에게 전화를 한다. 모두 그러냐며 도와줄 수 있으면 돕겠단다.

동료들은 다 서로를 돕는다. 자기들이 함께해온 전우들이다. 같이 했기에 다시 모여 싸울 수 있다.

그리고 이제 선거전이 열린다. 선거전은 뜨겁고 강하고 어렵다. 다 같이 시작할 것이다.

008

김대지는 별 볼 일 없이 산다. 그냥 궁사이다. 사냥이나 다니며 사는 촌 아저씨이다. 그러다가 김대지는 생각한다. 내가 어떻게 구의원 하면서 살 수는 없나.

김대지는 보수 신당의 후보지를 본다. 공천과 같은 개념이다. 그런 것을 노린다. 자기의 스펙은 거의 없으나 오랜 기간 살아온 세월이 있다. 오랜 기간 살면서 아는 인맥이 있다. 다 산지기나 사냥꾼이나 뭐 많은 아는 사람들이 그들이다.

김대지는 한번 해본다. 2위 후보가 된다.

009

까치는 요즘 따라 낮게 난다. 낮게 날며 여름의 한 부스러기를 먹는
다. 까치는 기뻐하며 심영우를 칭찬하는 듯하다. 지저귐이 많아졌고
영우를 좋아하는 듯하다. 영우는 말한다. 까치가 나는데 내가 된다
는 뜻 아니겠노.

개들은 까치를 잡고 싶어 한다. 까치가 날자 지도 점프한다. 그리고
하루 종일 영우는 일을 하는데 집으로 저녁 늦게 들어온다. 그때 집
앞에 해태처럼 커다란 호랑이 같은 개가 서 있다. 그 개는 위엄있고
느리고 강하다. 심영우는 놀라서 도망간다. 크게 짖더니 빨리 사라져
버린다.

영우는 오금이 저리고 무섭다. 그리고 다시 생각한다. 아니 이것은
임금에게나 나타난다는 전설의 호랑이 해태 아닌가.

영우는 대통령이 되는 그런 꿈이 있는 게 아니다. 그저 다시 보통의
직장인일 때처럼 살아가고 개와 함께 놀면서 어려웠던 과거를 잊고 다
시 살아보려는 것이다.

까치가 낮게 난다. 저도 해태를 보았다. 까치는 마구 운다. 영우는 10분 멍하더니 웃으며 집 앞 환한 엘리베이터 앞에 선다. 나는 되겠다. 라며 기분 좋게 나온다. 해태가 왕의 상징은 아니다. 그러나 해태는 개들을 부탁하는 것이다.

또다시 이제 밤에 꿈을 꾼다.

이제는 해태를 풀어주고 다시 원래 일로 돌아가야 해. 해태는 사장 오리온스 같은 데 있을 뿐이다. 실존하지 않는다. 해태는. 그저 허상이고 가짜이고 전설일 뿐.
그리고 심영우는 하루 종일 잔다. 푸욱 잔다. 내일 입을 옷이 기대가 된다. 비싸게 산 양복이다. 비싼 양복과 점점 다가오는 가을이 기대되어 산 트렌치코트이다. 트렌치코트를 입고 일을 하러 가는 것. 하나의 설렘이다. 무슨뜻 이 있겠는가. 그냥 보기 좋은 것이다.

트렌치코트를 아침이 되자 바로 꺼낸다. 거울에 비쳐 가장 맞게 꾸미더니 신사 같은 차림이 되자 밖으로 나간다. 선거 사무실로 출근해 회의를 한다. 회의를 하루 종일 하던 중 사람들이 중간에 말한다. 옷 어디서 샀냐고 묻는다.
어제 백화점에서 샀다고 한다. 브랜드가 어디냐고 묻는 것이다.

"SASUNG 계열 거 그거 있잖아."라고 말한다. 애들은 다 동의한다. 정말 비싸고 좋은 곳이다.

A LOLO, PIANA, ACNE 같은 고급 브랜드가 아니라서 동의한 것이다. 그렇게 비싼 옷은 연예인밖에 못 입는다. 아니면 대기업의 임원들. 사장은 더 좋은 옷을 입는다. 그건 또 3대 세계 양복, 그 급을 입는다.

집으로 돌아오려고 퇴근 준비를 한다. 차를 타고 천천히 온다. 저녁놀이 좋아서 한 번 더 쳐다본다. 그리고는 천천히 집으로 온다. 집으로 오는 길. 어제의 해태가 생각난다. 해태 오리온스가 아니다. 해태는 정말 멋있고 무서운 존재이다. 오늘도 있을지 생각해본다. 그 전설의 호랑이는 정말 신성시된다.

그렇게 호랑이를 상상하며 집에 차를 댄다. 아파트 앞에 그 장소를 한번 쳐다보고 간다. 아무것도 없다. 그리고 집에 오니 강아지가 미친 듯이 좋아한다.

강아지 한 마리와 강아지의 전설 해태와 성개로 영우는 다시 일어설 힘을 찾는다. 까치는 언제나 날아다니고 있다. 심층의 아래에서 올라온 심영우는 엘리베이터처럼 올라가는 방향을 잡은 것이다.

계속 이렇게 좋을 줄 알았다. 그러나 점점 어려워지는 선거전은 정신을 못 차리게 만든다.

010

"저는 뭐해야 돼요?"

선거 사무실이 시끄럽다. 비리로 딸을 채용했다는 뉴스가 나간 후 심영우는 모든 기세와 모든 인기를 잃었다. 안되는 거였네, 하며 불행에 땅을 친다.

죽어버린 자기 자신이 너무나도 하찮다. 그렇게 슬픈 울음을 진다. 슬픔 밖에는 없다. 분노밖에는 없다.

딸의 채용은 그냥 시켰다. 그러나 각종 비리로 얼룩져있는지도 몰랐다. 그냥 시켰다가 망한 것이다. 딸은 눈물만 흘리며 아무것도 안 했다고 말한다. 그런데 파보니 엄청난 비리 덩어리였다.

심영우는 계속 오는 전화와 카메라맨들 앞에서 정신을 잃는다. 자기가 그렇게 잘못한 게 아니라고 말해보아도 기자와 전화는 계속 온다.

어느덧 선거일이 되었다. 결론은 탈락이다. 심영우는 가슴이 아프다. 가슴 아파 울면서 나온다. 그런 선거는 정말 싫었다. 자신은 안되는 것이었다.

집으로 돌아온다. 해단식에 소회를 말하고 집으로 돌아오는 것이다. 강아지가 반겨준다. 강아지는 아무것도 몰라도 계속 받아준다. 강아지는 마구 뛰어다닌다.

다시 웃는다. 심영우는 다시 어이없이 웃는다. 강아지 한 마리가 위안이 될 수 있을까, 생각을 한다. 죽은 자를 살리는 것은 의사들도 힘들다. 대신 강아지가 사람을 다시 살려낼 수 있을까? 심 이사는 생각하며 앉는다.

원래 안되는 건데, 돈만 잃은 거지, 뭐. 라며 한숨을 쉰다. 다음번에 되겠지. 가 다음 생각이다. 그렇게 푹 주저 앉아 한숨을 쉬다가 해태가 뛰어온다. 해태는 엄청난 크기를 가지고 날 듯 점프해서 제 방앞으로 오더니 목숨을 위협할 듯하다.

그때 강아지가 말리고 강아지들의 아빠쯤 되는 해태는 웃으며 해태다운 신성한 자세를 취하고 영우를 만진다. 서로를 좋아하는 듯하다. 해태는 그렇게 웃으며 밖으로 날아간다. 영우는 기억을 잃고 황홀함에 빠진다.

영우는 해태와 강아지를 생각하며 하루 종일 앉아있다. 선거의 패배는 잊고 강아지와 해태만을 생각한다. 결론을 내린다.

"신적 존재가 내 삶을 바꾸었다."

영우는 무지개를 찾듯이 그 해태를 찾아 떠난다. 가는 곳마다 자신을 환호한다. 가는 곳마다 환호받으며 영우는 행복하게 웃는다. 영우는 자기의 삶을 믿지 못하였다. 그러나 점점 이곳저곳을 다니며 환호받는다.

여기도 저기도 아는 사람이 있고 전부 다 외친다. 해태를 보며 여기저기를 다닌다. 전부 다 환호한다. 해태를 찾으며 본 사람들 모두 인사하고 외친다. 선거 유세전이 아니다. 그냥 마지막 순간이다.

여기도 가고 저기도 가고 고향도 가고 서울도 가고 전부 다 다니니 모든 환호를 기억한다. 그렇게 심영우는 잠이 든다. 영원의 잠에 든다.

토익 900을
향해서

001

화려한 조명 아래 켜둔 핸드폰에는 어떤 문자도 오지 않았다. 허기진 마음이 계속 일어났다. 허기를 끄기 위해 삼킨 한 모금 음료수를 들이켠다. 미래는 보장받지 못한다. 어떤 수준까지 올려야 하는가. 라는 질문도 무의미하다.

어떻게 나아가느냐는 생각을 많이 한다. 승현은 너무 힘이 들었다. 입사를 하려고 하는 최고의 엘리트보다 나은 것은 하나도 없다. 그저 평균을 넘어 따라가려고 하는 것이다. 그러나 더 많은 장애물은 여기저기에 있다,

빗물에 잠겼던 듯한 바지를 입고 돌아다니는 것같이 춥다,

승현은 계속 공부를 한다. 공부만이 살길이다. 그것이 입사 모두의 패러다임임이 분명하다. 수준 미달이라는 회사의 차디찬 방향만이 설정되어 있다.

이거 너무 힘드네! 라는 말을 중얼거린다. 5년째. 입사하겠다고 취

업사이트에 들어간 것이 이미 5년이 되었다. 간판 없이 책을 읽는다. 대학이라는 간판이 없이 책을 읽는다.

대학을 다니지 않은 승현은 자신이 꼭 하겠다는 일을 찾을 수 없다고 결론 내렸다, 그러면서 할 수 있는 건 자신의 실력을 쌓는 것뿐 계속 실력을 쌓으면서 일어나고 새벽에 일어나는 공부를 계속한다.

이미 때려 부순 장애물에 의해 승현은 대기업같이 문턱이 높은 회사는 들어갈 수 없다. 기어가는 티코보다 못한 차만 있는 벤처기업의 일원이라도 되는 게 꿈이다.

"새벽에 잠을 자다가 3시에 깨."

"잠 좀 늦게 잔다니까 왜 불을 끄래. 거실 불인데 엄마 방에 얼마나 비춘다고 그래."

"좀 자. 이 바보 자식아."

"내가 왜 바보냐. 빛이 이렇게 환한데, 내가 있는 곳만."

"그래 잘한다. 새벽까지 술 마시면서 축구 기다리냐."

"빨리 조용히 좀 해 봐. 재미있는 거 곧 하잖아."

"뭔데 그래."

"잘 봐, 뭐 하는지."

"어이구 또 축구네. 뛰어내려 버려. 그냥 그따위로 살려면."

"챔피언스리그가 어떤 의미냐 하면. 나라에서 제일 잘하는 팀이잖아. 그럼 1등이라서 전부 다 봐. 그럼 나라 대 나라로 붙는 a매치보다 잘하는 거야."

"너나 되라고, 그렇게. 어?"

"조용히 좀 해 봐. 챔피언스리그 프리뷰 하잖아."

핸드폰을 부숴버릴 듯한 골. 그 환상적인 기록들이 쏟아지는 밤. 승현은 그저 황홀하게 축구를 본다. 자신의 꿈이 있다면 저런 깃발이 펄럭이는 곳에서 5만 명의 소리치는 관중의 환호를 받으며 등장해 악수하며 공을 만지는 그런 사람이 되고 싶은 것이다.

엄마는 너무 속상하지도 않다. 뭐 그냥 그거 스타트업 해 봐. 라는 식이다.

여기는 제일 잘 가르치는 것으로 유명한 Ace 영어학원입니다. 최고의 강사진과 최고의 강의 품질이 있습니다. 여기서 500만 원을 결제하시면 영어 영화, 최상위 강사의 수업, 하루하루 영어 단어 시험 서비스를 제공합니다. 오늘 안까지 결재하면 위와 같은 최고 품질의 교육을 받을 수 있을 것입니다.

지방대 4학년을 다니다 졸업을 앞둔 승현은 인터넷 광고를 보다 엄마를 조른다.

"엄마, 500이면 영어 1년 배울 수 있다는데 할까?"

"뭐 그딴 게 다 있어. 500이 동네 카페 커피값이야?"

"그래도 꼭 하고 싶단 말이야. 내가 꼭 900점 넘어서 환급받아 올게."

"환급이 뭐니?"

"900점 넘으면 돈을 다 돌려줘."

"넌 몇 점인데."

"650인데 내가 봤을 때 돈 돌려받으려고 하면 무조건 돼."

"그래. 너, 돈 있으면 다녀 봐."

"그럼 세뱃돈 모아놓은 500으로 다닌다?"

"그러던지 뭐."

　엄마는 기대와 걱정 반의 마음으로 아들의 열학 의지를 도와주었다. 승현은 얼른 영어책을 읽으며 곧 갈 학원을 준비했다.

"이거 900이면 나온다고? 500이?"

　침대에 누워서 영어책을 보며 말한다. 내가 공부하면 되지. 내 머리가 얼마나 뛰어난데, 내가 꼭 토익의 왕좌 자리에 서겠다.

다리를 건너는 지하철에 선 채 떠오르는 태양을 마주한다. 숙이는 고개에 다시 한번 정신을 차려 태양을 본다, 다시 태양을 본 후 영어 책을 본다. 옆 사람의 숨소리만 들린다. 이렇게 다시 한번 시험을 준비한다.

태어나는 모든 것들은 수명이 있어 그 수명을 다해야 한다. 전쟁을 치러야 한다. 그게 시험으로 보인다. 시험은 전쟁이 아닌 열심히 공부일 뿐이다.

계속 나아가는 전철 끝에 마주치는 것은 강남역 16번 출구이다. 거기서 어학원으로 들어간다. 들어가며 주변인과 인사를 한다. 계속 들어간다, 이유는 내 성적에서 찾으리라. 그 각오로 토익 반에 들어간다.

002

현재에게 문자가 왔다.

우리나라 최고 기업인 LG의 이름이 걸려있었다.

어, 이게 뭐지? 왜 LG에서 와. 나랑 해보자는 거야. 어, 이게 뭐지.

"LG chemistry co development of this company.
welcome to my society and do contratcion. in here"
"200000$ per year payment will choice of you "

"엄마 됐어. 나 엄마 엄마 나 돼버렸어! LG."
"뭐? 어, 이게 뭐야? 이게 왜 와?"
"뭐긴 뭐야, 된 거잖아."
"에이 이게 뭐야, 이건 아니지."
"뭐가 아니냐고. 이게 된 거랑 뭐가 다르냐고 이게 된 거지. 어허!
이게 된 거지."
"되긴 뭐가 돼. 이건 문자 하나지. 이놈의 자식아."

"된 거잖아, 어? 된 거다. 이거 된 거야."

현재는 취업하려고 최선을 다했다. 최선을 다해서 취업하려는 중이다. 날아 들어온 것은 문자 한쪽이었다.

나쁜 기억을 없애려는 한 스님처럼 계속 최선을 다한다. 그렇게 최선을 다해서 취업하려고 준비 중이었다. 최선을 다하려는 노력을 하루에 3시간씩 했다. 여러 가지 준비를 하며 예를 들어 영어 토익 반에 들어가려는 등 그런 노력을 하는 것이었다.

그런 와중에 LG의 문자가 왔다.

"영어학원이나 가. 내일부터 어, 그거 너도 해야 한다며."

하루가 저물고 저녁잠을 잔다, 쿨쿨 자며 내일 출발할 힘을 채운다.

003

학원은 문을 열고 아이들을 맡는다. 어른들이 될 만한 아이들로 키운다. 토익학원 역시 키운다. 500명을 뽑아 최고로 교육한다.

50명 남짓하게 반을 배정받는다. 토익 점수로 나눈다. 토익 점수가 없다면 대화를 통해 아이들을 받는다. 그렇게 된 후 최선을 다해 키운다. 그곳에서 좋은 점수가 나와도 취업이 될 줄 안될 줄을 모른다. 그러나 최선을 다해야만 좋은 조건 하나를 획득할 수 있다.

학원을 연다. 아이들이 온다.

004

"시작합니다."

선생님이 들어오신다.

"저를 믿고 따라주세요. 최선을 다합시다. 그리고 웃는 얼굴로 나가는 겁니다. 토익 900점만이 목표가 아니에요. 생활 전체를 잘해야 합니다."

선생님은 엄하게 애들을 가르친다.

"토익을 잘 보는데 우리의 합격에 꽤 중요해요. 외국 기업이나 대기업에 취업하는 데는 무조건 필요합니다. 그런 게 토익시험이에요. 꽤 중요해요. 높은 점수를 얻는 것이. 모두 지켜주시고 제 말을 따라주세요. 같이 해봅시다, 영어 공부를 죽어라."

수미는 지쳐있다. 어떻게든 취업을 해야 하는 처지다. 꼭 받고자 노력하는 스펙만 10가지이다. 스펙업에 힘쓰며 최선을 다한다.

"수미 씨 앞으로 나와서 발표해주세요. 자기소개나 각오 다짐 이런 거요."

"네, 저는 지방대에서 공부하다가 서울에 잠깐 살면서 스펙업을 하고 있습니다. 이렇게 만난 우리의 기회를 절대 놓치지 않겠습니다. 최선을 다하겠습니다."

"각오가 대단하시네."

선생님이 말한다.

"이분 앞에 앉은."

"예."

현이 앞으로 나온다.

"네, 저는 대학은 나오지 않았는데 벤처나 이런데 취업하려고 합니다. 토익은 870점이 나오고 토스는 60점이 나옵니다."

"다시, 토익 870?"

"네. 토익을 열심히 공부하려고 합니다. 900점이 넘으면 특채나 그런 것들을 받을 수 있다고 합니다."

"오, 알겠고 최선을 다해야겠네. 900 넘으려면."

"네. 꼭 30점만 더 올리겠습니다."

005

"저의 소개를 하겠습니다. 결론부터 말하면 저는 LG에 합격했습니다. 여러분들과는 다릅니다. 꼭 지켜 주십시오. 저를 잘 따라 주시길 바랍니다, 저는 다시 말하겠지만 LG에 합격했습니다. 부서가 궁금할 수도 있을 텐데 바로 LG화학입니다. 알겠습니까? 이만 저의 자기소개를 마칩니다."

자기 자신이 LG에 합격했다고 당당히 말했다. 합격한 사실은 없다. 그냥 합격이라고 말한 것이다.

선생님이 말했다.

"어, 넌 LG에 합격했구나!"
"네, 선생님 앞으로 열심히 하겠습니다."
"그러면 앞으로 뭐만 남았지."
"남은 게 없습니다. 이미 합격했습니다."
"그럼 회사는 언제 다니지?"
"곧 다니게 될 것 같습니다."

006

"어, 너 LG라며."

현승이가 묻는다

"올- 죽인다. 3차 합격이 3대 1이지? 아마?"
"어 뭐 그 정도 되지."

007

"단어시험을 계속 0점 맞는 애가 있는데 그걸 좀 짚고 넘어갈게요. 그러려면 다니지 마세요."

선생님이 단어시험을 못 본 것을 무어라 하자 현이는 말하려 한다. 현이 앉아있는 40명 중 한 명이 되어 말한다.

"예, 그러겠습니다."
"또 0점이면 조치를 취하겠습니다."
"예, 알겠습니다. 최선을 다하겠습니다."

며칠이 지난 후 대지는 단어장을 외운다. 매일 외우나 하나도 아는 단어가 없다. 암기가 몇 개밖에 안 된다. 그런데 시험은 어렵게 나온다.

계속되는 배움 속에 아침에 일어나는 새싹처럼 배워야 할 것을 어렵게 외운다.

며칠이 지났다. 대지는 쉬는 시간만 되면 단어를 외운다. 지나가면서 여자애 한 명이 묻는다.

"단어를 외우는구나. 얼마나 잘하려고, 어."
"최선을 다한다. 말을 걸지 말아라."
"올- 역시 대기업."

저녁 단어시험을 본다. 채점을 한 후 선생님이 걷는다. 본다.

"야 대이 다 맞았네. 박수. 역시 대기업은 다르네. 박수, 모두 박수
쳐 줘라."
"한 말씀 해도 되겠습니까."
"어, 해 봐."
"제가 최선을 다하지 않았을 때는 0점을 맞지 않았습니까? 그런데
최선을 다하면 이렇게 만점이 나옵니다."

계속해서 발표한다. 모두가 보면 시험에 합격을 한다는 듯이.

"제가 백 점 맞는 모습을 모두가 보았습니다. 이상입니다."

"앞으로 내가 가야 할 곳의 수준이 뭔지 그것도 모르는데 어떻게 ABCD를 다 맞춰 내 수준을 알 수 있냐고. 이게 나의 수준인지 내가 갈 수 있는 건지를 모르겠다고. 내가 더 맞추면 내 벌이 없어질 수가 없어. 그게 그것밖에 안 돼."

재임이가 말한다.

"네 수준을 보여주는 것만이 너의 살길이지. 그거라도 기회가 있으면 해야지."
"나도 실력이 있고 수준이 있단 말이야, 이 망할 놈아."

현재는 울면서 다짐한다.

나는 꼭 해낼 거야. 어떻게든 보여줄 거야.

009

"잘 봤냐?"
"나는 아직 점수가 안 나왔지."

점수가 나오지 않아도 버티는 건 쉽다. 그러나 힘들게 시험 준비하는 것은 어렵다. 그런 시험을 본 후 나오는 건 한마디의 다른 말이다.

잘했어.

"힘든 일이 있어도 다 해내는 그런 일을 하려면 항상 다짐을 하고 이겨내는 것이다."

열심히 하자.

그렇게 열심히 당부하고 헤어진다.